101 Poems for Teachers

安奈特·布鲁肖
写给教师的 101 首诗

安奈特·布鲁肖／著
L. 苏珊·勃兰特／插图作者

中国青年出版社
CHINA YOUTH PRESS
中青文秀

图书在版编目(CIP)数据

安奈特·布鲁肖写给教师的101首诗 /(美) 布鲁肖著；于涵译.
—北京：中国青年出版社, 2016.5
书名原文：101 Poems for Teachers
ISBN 978-7-5153-4098-2
Ⅰ.①安… Ⅱ.①布… ②于… Ⅲ.①诗集－美国－现代 Ⅳ.①I712.25
中国版本图书馆CIP数据核字（2016）第047396号

101 Poems for Teachers / by Annette Breaux; illustrations by L. Susan Brandt / ISBN: 9781596671461

安奈特·布鲁肖写给教师的101首诗

卓越教师网

作　　者：〔美〕安奈特·布鲁肖
插图作者：〔美〕L. 苏珊·勃兰特
译　　者：于　涵
责任编辑：肖　佳　庞冰心
美术编辑：李　甦
出　　版：中国青年出版社
发　　行：北京中青文文化传媒有限公司
电　　话：010-65511270/65516873
公司网址：www.cyb.com.cn
购书网址：zqwts.tmall.com　www.diyijie.com
制　　作：中青文制作中心
印　　刷：三河市文通印刷包装有限公司
版　　次：2016年5月第1版
印　　次：2016年5月第1次印刷
开　　本：787×1092　1/16
字　　数：30千字
印　　张：16
京权图字：01-2015-4007
书　　号：ISBN 978-7-5153-4098-2
定　　价：35.00元

无论你是初出茅庐的年轻教师，抑或是正处于职业黄金年龄的成熟教师，都可以从这本诗集中找到自己的身影。当你逐页阅读它时，你会从中找到自己。我相信也希望，在你阅读它们的时候，会伴有欢笑、泪水并且能够铭记每一首小诗赋予的意义。那就是作为教师最为重要的职业素养。有些时候，我们常常会忽略我们所能给予他人的影响力，然而那些天真无邪的小精灵们总是把我们放在他们心中最重要的位置。所以，鼓足勇气把这101首小诗读完，你一定会得到欢笑和乐趣。但是当你沉浸其中时，我希望你会为自己所做的事情深感自豪！

——安奈特·L.布鲁肖

本书是安奈特·布鲁肖众多诗中集合成形的其中一本，并且由生动的插画家L.苏珊·勃兰特提供插画。

我，是一名老师

我在黑暗的灵魂上点亮了一束光，

我在冰冷的心房里升起了一团火；

我要望得更远、看得更深，

看到每一张脸的背后、每一寸皮肤的里面。

我可以，

让干渴的喉咙得到湿润，

让疼痛的身体得到抚平，

我提供了可持续的营养。

我感触、关爱、欢笑、忧伤，

无论何时需要，我都会及时出现。

我提供的越多，得到的收获越多。

我是最富有的人，

因为我是一名老师！

——安奈特·L.布鲁肖

目录

009 一个简单的问候
011 我们还只是个孩子
013 一位多年前教过我的老师
015 明日何其多
017 我们的选择
019 谁是负责人
021 流言、流言、流言
023 一个充满智慧的教师
025 「警告」夫人
027 教师，最重要的职业
029 告诉我们知识与实际的关联吧
031 我不喜欢去学校
033 不要让我们知道您的喜怒
035 老师，您就是那个影响我一生的人
037 藏在面具背后
039 循循善诱的挑战
041 在叫喊中迷失
042 你是谁比你做什么更重要

043 停止抱怨
045 「抛开」复习清单
047 捍卫我的职业素养
049 现在，我是一个成功的学生啦
051 曾经爱叫喊的我
053 哎，悲哀如我
055 我，是一名老师
057 热情是可以传染的
059 无须言语
061 骄傲地戴着「教师」的头衔
063 我会再次冒险吗

065 我的性格色彩
067 我希望我的老师了解我
069 最快乐的老师
071 如果她可以，为什么我不能呢
073 今天，我是一名好老师
075 沉默的力量
077 操控的快乐
079 谁是老师最喜欢的一个
081 我迫不及待了
083 我的奖励全靠它了
085 你只是一名老师
087 思想属于它自己
089 一份痛苦的工作
091 我选择沿着正确的道路前进
093 老师，你是不是有魔法
095 上一节高效阅读课
097 从根上堕落
099 崇拜你还是憎恨你呢

101 对我的学生来说什么才是最好的
103 面露微笑还是表情严肃
104 我喜欢的老师风格
105 反向教学
107 按下按钮
109 相信我
111 镜中的样子
113 注意你的言行
115 小小的表扬
117 我的学生是否通过了测验
119 蓄势待发的小英雄们
121 每年最调皮的孩子都在我的课堂上
125 让自己忙碌起来吧
127 关注我，请关注我
129 呼唤老师
131 我不是我哥哥
133 我比以前更聪明
135 问题多多

137 永远保持学习者的心态
139 因为我们
141 自制力
143 换个角度
145 告诉我，我可以
147 我想假如她知道的话……
149 在心里只是个孩子
151 请友好一些
153 小小的鼓励
155 谢谢你，老师
157 行为秘诀
159 不适合当老师的她充当了牺牲品
161 蹿红成为课堂的焦点
162 她最擅长的艺术
163 请听我说
165 你的态度会「出卖」你
167 与众不同的你
169 如果我可以教我的学生

171 因为有你
173 计划的好处
175 孩子们的生活
177 努力教我、用心爱我
179 我永远不会忘记你
181 教师会议
183 珍贵的吵闹声
185 帮我成为我能够成为的人吧
187 值得的冒险
189 校长来啦
191 所见为所信
193 我们知道你是谁
195 老师，我想对你说
197 不能再坏了
199 对未知事物的恐惧
201 如果你准备好了教书
203 老师，请照料你的花园
205 我真的配得上「教师」这个称谓吗

每天花一些时间跟所有学生打招呼——这对于一些学生来说，可能是他们每天生活中仅有且最为珍视的友好。

一个简单的问候

每一天，当我走进她的课堂时，她都微笑着向我问好。
她肯定不知道，这个简单的动作对我来说意味着什么。
她肯定不知道，她，也只有她，
让我感到自己的存在还是有些许意义的。
是她的微笑，伴我度过了那段让我感到沮丧的日子；
是她的微笑，让我在困苦的家庭生活中支撑了过来；
她的课堂就是我的避难所，在那里我可以找到些许的快乐。
尽管课堂上的时光短暂，但我总是在她面前展现最好的一面，
我用积极乐观的微笑来隐藏自己内心的痛苦，因此我也变得坚强。
尽管她可能永远不会知道，她的微笑对于我来说有多大的意义。
她的课堂，
是我生命中第一个让我感到受到关注的地方；
是一个需要我存在的地方；
是一个需要我在那里学习的地方；
是一个帮助我意识到这世上还有值得我拥有美好事物的地方，
这超越了书本带给我的知识。
在作为她学生的那一年，
我明白了，
对于一些人来说，
他们值得拥有一个简单但真诚的问候。

孩子就是孩子，他们的天性就是玩耍。所以，对于他们的无心之失，不要太放在心上哦。

我们还只是个孩子

老师总是让我做我这个年纪应该做的事情，
但事实是，我已经做到了呀。
我真的是和我同龄的小伙伴们一样，
做着这个年纪应该做的一切，
所以，我有些疑惑老师的意思。
我还不是大人，我只是个孩子——这是一个毋庸置疑的事实，
但是我应该这样告诉我的老师吗？
尽管所有大人都希望我们要乖乖听话，有像他们大人一样的行为举止，
但是真希望有人能让他们知道，调皮捣蛋也是孩子特有的天性啊。
所以，所有的大人们请注意，
听好啦，
我们还没有长大——我们还只是个孩子！

哪怕你只教过一个学生一天，你也可能永远住在了他的心里，教师和学生之间的纽带是绝不会割裂的。

一位多年前教过我的老师

一位多年前教过我的教师至今仍对我有着深远的影响，
她教授过我的知识、技能以及品质永远都不会随着时间而抹去。
事实上，这些已经化为我身体的一部分，
那些课程在我的血液里流淌；
那些知识给了我看得更远的眼睛；
那些我曾经被给予的关爱；
那些让我自己做出决定的时刻；
那些让我独立完成的事情所取得的收获以及成就我现在从事的事业所具备的品质；
当一个人对你产生了影响后，他们就深深的地住在了你的心里。
我之所以成为今天的我，
我的老师功不可没。

让自己成为工作安排的主导，要远远好过让事情压得你喘不过气来，请一定要记住、记住哦！

明日何其多

我今天不想做的事情，索性就把它放到一边，
第二天我又积攒了一些需要做的事情，依旧放在了一边，
然而，日复一日，
我居然用了好几百张纸来写下我的“待办事项清单”！
每一天，我的清单都在不断的增加、增加、再增加，
它堆满了我的厨房，堆满了我的房间，
它们让我无暇照顾孩子，也无暇顾及配偶，
如果我能在需要完成的时间里把这些事情做完，
那么一件一件需要做的事情就会变得容易很多，
但是现在，我被堆积如山的事情压得喘不过气来。
我要如何从现在的困境中逃脱呢？我一点儿线索也没有！
坐在这小山包上让我觉得既内疚又懊悔，
我又翻到了新的一页，
是的，让我明天再做吧！

我们的态度造就了我们的视野，我们的态度也奠定了课堂的基调。学生在我们的课堂上是感到愉悦还是无趣，都要看我们的！

我们的选择

有人看这杯水一半是空的，
而有人看这杯水一半是满的。
咦？这是同一杯水吗？
他们想在这杯水里暗藏什么玄机？
其实你知道，这杯水并没有任何奥秘，
是我们的态度造就了我们的视野，
生活究竟是一场华丽的冒险还是一次无情的冲撞，
我们都可以为自己做出选择。

优秀的教师应该具有专业得体的举止，在授课时有热情的态度。他们制定清晰的课堂规范和教学进程，同时他们的学生也会积极响应！

谁是负责人

她是一名授课教师，但缺乏一些审慎的态度；
她总是在行为举止和衣着打扮上尽力贴近她的学生，
当她被问及为什么要这样做时，她说："他们认为我很酷哦！"
他们确实是这么说的，
但是没有一个孩子在学校里给予了她应有的尊重。
她并不能理解事情为什么是这样的，
他们喜欢她，但是却不尊敬她。
一天，她终于忍不住哭了，
没有人在她的课堂上学习，大家整日都无所事事。
她试图扭转这一困顿的局面，
从这一天起，她开始从一个"弱者"变为了"强者"。
她终于意识到，她是一个成年人。
也就是从那一天起，她穿上了最职业的套装，
她制定了清晰的课堂规范和教学进程，
她的课堂就像唱诗班一样井然有序，
她的热情富有感染力，而她的学生也深受影响，
她成为了学校里为数不多的学生们既爱戴又尊敬的教师之一！

你在散布他人的流言时，没有人会被吸引，可是，我们确定地知道至少有一个人会因此受到伤害。

流言、流言、流言

我跟你说周围人的八卦，你也跟我说八卦，
然后，我把你说的告诉一个、两个、三个人，
她们继续把这个八卦传播给更多的人，
八卦的火苗越烧越旺，高过了所有人的头顶，
告诉我们这个八卦的人，
并没有想造成伤害，但这一点毫无意义。
八卦的唯一目的就是伤害，
我们没有人可以承受这暴风雨般席卷而来的后果，
因此，假如你不能分享好的事物，那么请不要开口，
作为学生和家长，请不要让八卦蔓延，
从今天开始，就要远离那些想跟你说周围人八卦的人！

如果你能在教学这条道路上运用一些智慧的办法，那么学生会努力做得更加出色！

一个充满智慧的教师

一天，我们需要在课堂上画一幅画，
但是我不知道要画些什么好，
所以我决定，什么都不画。
我的老师用让人敬畏的眼神端详着这张纸，然后说：
“多么松软、美丽的一片云朵啊，我可以把它贴在墙上吗？”
我意识到也许她并不知道，
我什么都没有画。
然而，她非常骄傲地把“这幅画”贴到墙上，
向所有人展示一幅我什么都没有做的作品。
后来，经过她的允许，我把这幅画带回了家，
我加上了天空和太阳，这是我现在想要展示的。
我想如果她真的知道，
我的这幅图画并不是一片云，而是我什么都没有画。
我想是我欺骗了她，
但是也许她是，
用一个最智慧的办法让我画出让所有人都能看到的一幅美丽画面！

在生活中，我们最好记住一条法则，那就是在学校里要远离那些负能量的人。

“警告”夫人

每一所学校里都有一个“警告”夫人。
如果可以的话，她会佩戴一条粗重的项链，
她对所有调皮的孩子和不善的管理进行警告，
如果你听她的话，她会告诉你如何展开反击，
用给他人带来痛苦的感受来宣告她的喜悦。
她从没有意识到她真正的面目，
她就是始作俑者，是流言的传播者。
想从“警告”夫人那里得到帮助注定是一个错误！

无论你今天从事何种职业，都要感谢老师对你的指引！

教师，最重要的职业

医生负责保护我们的身体；
牙医负责保护我们的牙齿；
大厨愉悦我们的味蕾；
木匠帮我们搭建房屋；
商店老板为我们提供需要购买的日用品；
飞行员带我们去我们想要到达的地方；
裁缝为我们量体裁衣；
小卖部经营者出售着我们想要的零食；
作家撰写供我们阅读的书籍；
园丁把种子培育成花草树木；
工程师为我们设计每天行走的道路；
宇航员探索着广袤的外星宇宙；
这里有太多我们需要的行业。
但是除了上面我们所提到的所有职业，
请注意，
如果你是一名老师，
那么请允许我们致以诚挚的感谢，
是你们，
培养出了这方方面面的人才！

高效能教师总是能把所有课程和学生的现实生活联系起来，把教学与实际相结合有着巨大的吸引力！

告诉我们知识与实际的关联吧

我并不知道为什么我要学习这些“垃圾”，
你告诉我如果我不学的话，我的考试绝对会不及格，
但是请给我一个学习这些更好的理由，
那些理由非旦无趣并且毫无意义，
所以对于学习，我总是潦草了事。
每当我在学校感到无聊的时候，
都会迷失在自我的白日梦中，
想想其他事情，直到放学的铃声响起。
这意味着我这一天什么都没有学，
意味着我总是个麻烦制造者，总让爸爸妈妈头疼，
也就意味着我的成绩总是很糟糕。
我越走越远，因此我也根本无法通过考试。
下一年，我又出现在同样的班级里，
去年没有学到东西，今年又同样如此，
老师，请告诉我这些知识和我有什么关系好吗？
这样我就可以继续前进，不用再停滞不前了！

假如你知道自己讨厌做什么，那么这是一个尝试转换跑道的标志……

我不喜欢去学校

我不喜欢去学校，
我总觉得自己像个傻瓜。
我不喜欢努力学习，
我从来没有得到过出勤奖。
我不能集中注意力，
我总是迟到。
当一天课程结束的时候，
这些知识总能把我逼疯。
只有在周末的时候，
我才能感到片刻的愉悦。
我不喜欢学校里的任何人，
我想他们也同样不喜欢我。
也许我绝对应该离开，
我是一个糟糕的老师，
你们猜到了吗？

当学生知道他们对你已经了如指掌时，就会失去控制，那么一场“政变”也就会随之发生。

不要让我们知道您的喜怒

你在生气时，要小心、小心、再小心，
不要让你的表情流露出你在生气，
因为这样做，我们就会知道，
一旦我们知道，那么，你就惨啦。
你属于我们，但我们却并不属于你。
当你落入我们的掌控之中后，我们就会失去控制，
我们绝不会做那些应该做的事情，
我们会按动你的按钮，挑战你的底线，
我们绝不会仅仅满足于此。
所以当你生气的时候，不要表现出来，
因为这样做，我们就会知道，
一旦我们知道，那么，你就惨啦。
你属于我们，但我们却并不属于你。

学生的成功有相当一部分取决于触动并影响她/他一生的老师，你，会是那个人吗？

老师，您就是那个影响我一生的人

我并不是一个诗人，我真的，真的不是。
但是，我写这首诗，是想让你知道，
对于我来说，你意味着太多、太多。
亲爱的老师，你也许并不知道，
你是唯一，
唯一花费时间在我身上，让我意识到自己还受重视的人；
在家里，我努力做到听话。
每一天我经过你的门口时，都会发生一些改变，
谢谢您花费那些时间让我意识到自己的存在，
谢谢您向我问好并且坚信我可以走得更远；
谢谢您让我沿着这个方向，让我有机会达到更高的目标；
这些都是您给予我的，
所以，请接受，您就是那个影响我一生的人！

戴着面具的孩子往往隐藏了自己最最痛苦的一面，所以让我们多关心一下面具背后的他们吧！

藏在面具背后

如果你走进我的内心，那么你肯定知道，
我那些不良行为的背后，其实是在说，
我需要你！
我需要感知你对我的爱，
我需要你关爱的微笑；
我需要每天都能得到重视，哪怕就是一小会儿；
我需要你所有的智慧都能倾注于我，
也许现在还看不到效果，但是有一天，你一定会看到。
我需要许多耐心；
我需要温柔而平静的声音；
我需要有人告诉我如何做出更好的选择；
我知道这些并不容易，我总是反复考验你的耐心，
但是，老师，你一定知道，
我石头一般的心也会变得柔软，
所以，
请把我当作你的挑战、你的使命、你的任务，
努力寻找你终将发现那些藏在面具背后的美好事物。

告诉我，我做得不错，然后我就会做得更好；告诉我，我做得不好，那么我的好也不会持久。你的挑战可以诱导我，所以请好好使用它吧！

循循善诱的挑战

你说我是你见过的最不听话的孩子，
那么，好吧，让你见识一下我到底有多么令人讨厌！
你这么说，就是在挑战我，
它就像礼物包装纸，
它就像蛋糕上的糖衣。
你可以说一些相反的话，然后看看我好的一面，
这时我的挑战就是如何让自己做到最好。
告诉我，你想让我成为什么样的人，
我就会欣然接受这个挑战——然后，你的压力也会彻底释放！

作为学生的榜样，你必须扮演好一个可以控制好情绪的角色！

在叫喊中迷失

你对我大吼大叫，
我以同样的方式回击你，
这样做有什么好处？
我们更加大声地叫喊，
我们的喉咙喊到沙哑，
我们的脾气越来越暴躁。
最终，
在精疲力竭中，我们两败俱伤，
彼此留下的是尴尬，没有任何骄傲可以挽回。
想想有什么理由我们一定要这样做吗，
把尊重和信任丢到一边？
如果我们可以聆听彼此，或许我们可以找到折中的办法，
下一次我们可以继续探讨，
并倾听对方的理由。
如果我们彼此都可以这样做，
也许，我们就可以找到，
我们在叫喊中迷失的理智！

你是谁比你做什么更重要

人最需要保有的财富就是，
你是谁，而不是你做什么。
那些继承的财富会随着时间流逝，
然而，
比起你所取得的成就，
你的人格会显得更加重要。

取得成就固然是令人雀跃的，但你的人品却意味着更多，你是否能够取得学生们的崇拜取决于你的为人。

停止抱怨

停止抱怨不会让天空中的大雨消散，
然而，大雨过后，天空会变得无比晴朗。
你的心情，也好比这天气一样。
你可以呼风唤雨，
只要从你的态度开始改变！

让你的态度保持在阳光、愉快的氛围中，这样学习也会被带动起来！

我们都知道，死记硬背并不是学习单词的好方法。让我们抛开复习清单，运用这些单词，然后你就会发现，我们的词汇量累积得越来越多！

“抛开”复习清单

周一的早晨，你给我20个单词的复习范围，
是为了周五的单词测验。
于是，我每天晚上都把这20个单词默写5遍，
我是不是很用功？
到了周五，我准备好了，并把它们一股脑儿都写了出来。
就像我自己期望的一样，我都答对啦！
但是老师，我要非常惭愧地告诉你，
尽管我得到了高分，
但是这些单词现在都从我的记忆中消失了，
一个单词都没有留下。
你看，
我从来没有运用过这些单词，
我想这可能是在浪费我们彼此的时间——多么糟糕的结果啊！
所以，
下一次，抛开这个复习清单，让我运用这些单词。
如果你没有这样做，
那么我又会马上失去它们，就像小鸟一样向远方飞走；
我想要留下那些学过的单词；
我想要值得您给我打的分数；
我想要变得聪明、机智；
但智慧靠的不是记忆。
你是知道的，
我真的想要学习知识。
所以，
让我使用这些单词，
你会看到我突飞猛进的进步！

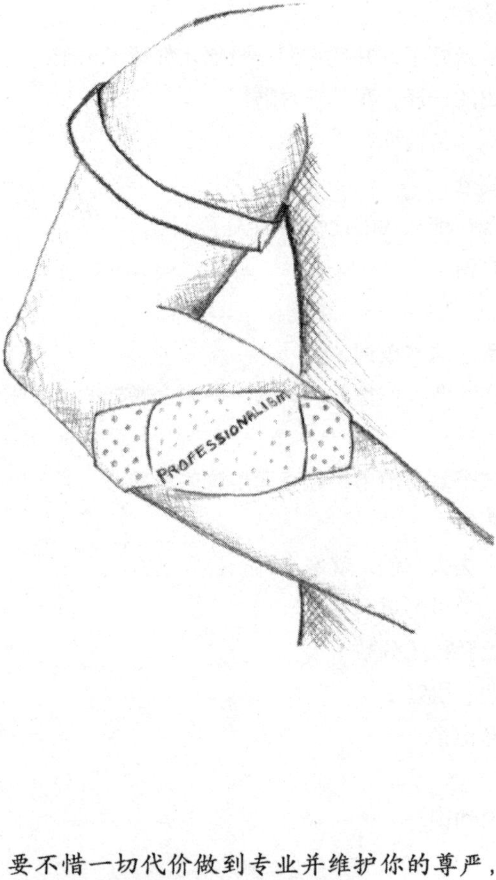

要不惜一切代价做到专业并维护你的尊严，失去它，你的大学学位将会变成讽刺的象征。

捍卫我的职业素养

我为我的职业奉献，但是我不需要医疗关注，
我的奉献不是流下鲜红的血，
而是另外一种。
我的奉献是树立一个榜样，
我的奉献是倾注在我的每一个学生身上。
对于我来说，
我希望他们学会理智、务实、谨慎。
我言行举止，都在他们的严密监督之下，
因为我的言行举止，都会给他们带来影响。
我的同事也会监督我，将我置于显微镜下，
他们等着看我如何应对和处理棘手的问题，
因此我要注意我的言行、衣着，甚至脸上的表情。
我们的职业素养可以成就一切，也可以摧毁一切！

如果你告诉一个学生，他可以做到并且向他展示如何做到，你就会看到，他朝着这个目标前进，并且发现他最终可以取得成功，这就是我们所说的优秀的教学引导！

现在，我是一个成功的学生啦

我还不想从幸福的云朵上面下来呢，
我太高兴、太自豪啦！
我脚步轻盈，笑容灿烂。
我真的、真的不敢相信，
我真的做到啦！
是你，
告诉我可以，并看着我一步一步朝着目标前进。
你是我最好、最好的老师，没有之一。
我现在是一个成功的学生啦，哇哈！哇哈！哇哈！
谢谢你，谢谢你，谢谢你，我的老师。
你是我心目中的No.1。
你不让我退却，在我心中燃起火苗。
你是我最好、最好的老师，没有之一。
我现在是一个成功的学生啦，哇哈！哇哈！哇哈！

如果你在做课堂管理时不够冷静，就像往漏水的游泳池注水一样，毫无用处！

曾经爱叫喊的我

我曾经是一个爱叫喊的人，
我整天都对着学生们叫喊。
他们一旦哪里做错了，
我就出其不意，惊声尖叫。
我想我正在建立自己的课堂管理规范，
然而，我好似从未实现这个目标。
于是，
我溜到隔壁班上，观察这个老师的课堂。
她对每个学生都给予了足够的尊重。
我看到她正在和一个作弊的小姑娘谈话，
她用和缓、充满关切的语调与她交谈，
让她放下了明显的防备。
之后，我向她请教她的管理秘诀，
她向我分享的正是她做的事情。
无论何时，
都要保持冷静和清醒。
她这样对我说："如果我冲她叫喊，就等于在她溃烂的伤口上撒盐。"
这样并不能得到她的信任，
反而把她越推越远。
我的目标是让所有学生有正确的行为，
我通过讲道理以及态度友善得到他们的信任，
同时我的理智也常伴左右。
于是，
我听从了她明智的建议，不再对我的学生惊声尖叫。
现在，
我的课堂井然有序，成为学生们理想的学习之所。

作为一名老师，你是有基本权利的，而不该因为选择了这个职业就成为一个身心俱疲的人。

哎，悲哀如我

哎，悲哀如我，我是一名老师。
我每天充当着家长、医生、治疗师、牧师的各种角色，
和这些年轻人作战。
这些年轻人的态度远比粗鲁更甚，
而我就是那个对纪律约束驾轻就熟的人。
不要在3点半之后跟我说话——我已经声音嘶哑。
这样的遭遇每一年我都要经历不下20次，
我每一年都在重复上年的工作，
我的学生不懂得尊重又很懒惰，
然而，他们看着我，
就好像我已经被他们逼疯。
如果不是为了这些学生，我的生活会充满乐趣，
我的工作也不会看起来像在地狱。
不说这么多了，我要走了，
我的校长来了——要去作秀啦！

当你被称为老师并接受了这一称谓时，你就选择了最高贵的职业。

我，是一名老师

我在黑暗的灵魂上点亮了一束光，
我在冰冷的心房里升起了一团火；
我要望得更远、看得更深，
看到每一张脸的背后、每一寸皮肤的里面。
我可以，
让干渴的喉咙得到湿润，
让疼痛的身体得到抚平，
我提供了可持续的营养。
我感触、关爱、欢笑、忧伤，
无论何时需要，我都会及时出现。
我提供的越多，得到的收获越多。
我是最富有的人，
因为我是一名老师！

如果你不仅仅是一名学者，假如你想要变得充满想象，那么你就要充满热情！

热情是可以传染的

小心你的热情，
它就像水痘一样，可以迅速蔓延。
这就像当机会来敲门时，
你的学生冲过来应门一样。
你的热情传递给他们，
而他们也深受感染。
至今，还没有人可以找到阻止这种热情的解药。
当这种热情植入学生的脑海时，
他们可能会转移对学习的关注，
这就像想阻止雨后出现彩虹一样不现实。
所以，要在你的教学当中，
审慎地控制欢乐和兴奋的场面，
否则，
你会发现自己离教学的目标越来越远，
你会发现自己离管理的目的越来越远。
所以，当你带来太多欢笑之前，
要先考虑它所带来的后果！

优秀的教师能够激励学生并点燃他们思想的火种。

无须言语

他们既会让我们吃惊，也会让我们迷惑；
既会让我们惊愕，也会让我们感到茫然；
既会让我们震惊，也会让我们受到震颤；
既会让我们困惑，也会让我们感到愉悦；
千言万语反而让这幅画面显得平庸。
优秀的教师要远远超越于此，
他们让我们的脑海一片模糊，
这里无须言语，
只需要回想你教我的知识，
所以，我猜这首诗一定是在浪费话语。
这用来作为调侃，如何？

停止一切牢骚并为你从事的职业感到自豪，让我们为你内心的隐忍感到骄傲。

骄傲地戴着“教师”的头衔

“哦，摘下你玫瑰色边框的眼镜。”一个路过的老师这样对我说。
在她看来，我的新眼镜对她就像可怕又痛苦的挑衅。
哦，我啊，我啊，我啊。
但是，另外一个教师经过的时候，
一直戴着玫瑰色边框的眼镜，
她戴着它有30年了，为了她喜欢的学生们。
她每天都教他们功课，哦耶，哦耶，哦耶。
我的兴奋不是毫无价值的，我爱着我教课的每一天，
这个选择是我自己做的，我可以欢心雀跃或者大发牢骚，
在30年职业生涯的末尾，
我希望你可以听到我发自内心的呐喊，
我非常自豪地戴着“教师”的头衔。

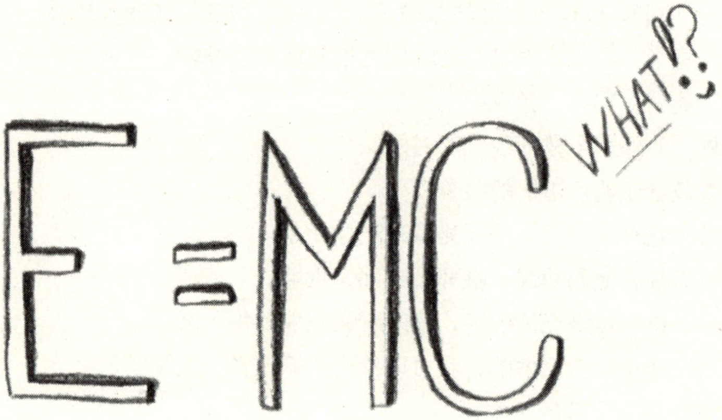

最棒的老师是不断让教室里的学生进行冒险!

我会再次冒险吗

老师正在给我们解释一些数学问题，
我假装我知道了。
但是我知道，
当我参加考试的时候，
我不知道该怎么解答。
但在那一刻，我做了决定，
我没有举手，
让我说出我不明白的地方，
这不值得让我陷入尴尬的境地。
因为昨天，
我的小伙伴承认了他不明白，
老师非常生气，
而且也没有给他讲明白。
小伙伴们得到的，
只是他人对他的嘲笑。
当老师把他置于聚光灯下的时候，
我还应该再次冒险吗？
在她的课堂上，我绝不会的！

你教过的每一个孩子都是色彩斑斓的小生灵，要发现属于每一个人的那道彩虹！

我的性格色彩

尽管听起来有些不可思议，但是老师，
橙色是展现我性格中创造力的色彩。
难道你希望我像塑料一样，
变成一个只有顺从、服帖且易于塑造的孩子吗？
如果你永远猜不到我想要说什么，会不会让你感到抓狂？
比起芭蕾舞剧上演员踮起的脚尖，
我总是让你在前行时更加如履薄冰。
因此，当我在你面前炫耀我的智慧时，
请不要太过自负。
你正玩着我已经赢得胜利的游戏——一个我绝不会退出的游戏，
“蔚蓝色”读一下这个，你可能会正在思考，“纯白色”你这样对我吗？
好吧，
我试着让我们的头脑把创造力收起，
“橙色”你听见我说什么了吗？我打赌“蓝色”正在接近你，
你收到我传递的“红色”信息了吗？
我已经告诉过你了。
“黄色”是告诉你，我应该怎么做呢？“栗色”是代表明智吗？
我就是简单地想要让你看到我性格中的各种色彩。

优秀的老师能够挖掘学生某些时候藏在背后的美好事物。

我希望我的老师了解我

我希望我的老师了解我，
她现在只看到了我的表象。
然而，如果她能停下来观察一下我的内心，
就会发现我试图隐藏了我好的一面。
当她这样做的时候，就会惊讶地发现，
她从来没有意识到的一切，
她就再也不会误解我了，
我只想要我的老师了解我。

要克制那些负能量的倾向，当学生们的生活中有积极乐观的成年人指导时，他们正能量的行为就会被激发出来！

最快乐的老师

谁是最快乐的教师，
我的学校里最专业的教师是谁？
如果我不能诚实地告诉大家那个人就是我，
那么，我可能真是一个傻瓜。
任何一个高效的老师，
都肯定知道一件事情，
那就是：
学生想要他们的老师快乐，
比任何事情都想要。
所以从那天起，
我开始变得快乐起来。
当我回过头，
我的学生会说，
在我认识的所有老师中，
她是最快乐的一个！

众所周知，每个学生在不同老师面前的表现都是截然不同的，老师要给予学生信念，尽可能多传递正能量。

如果她可以，为什么我不能呢

“你想都不要想。”你这样说，
于是，我停止了思考。
“我还要告诉你多少遍？”我不假思索地回答：“50遍。”
“你不可能变聪明的。”于是，我放下了正在学习的书本。
当你说我没有希望的时候，我的幻想瞬间像气泡一样破灭。
所以不管你说什么或是做什么，
我都会表示抵触。
但是，
在其他课堂上，我并不是这样的。
你知道这是为什么吗？
问题的答案就是，
我的其他老师知道如何让我遵守纪律。
正如你看到的，
她对我很尊重，相信我可以做到。
所以，对你而言，
我也有些困惑。
如果她可以做到，那为什么你不可以呢？
就算是我犯了错误，
她会就事论事地指出来，
并且纠正我，帮助我取得成功。
她的秘密何在？
请牢记，那就是耐心！
如果你总是训斥我，
那么我的仇恨就会滋生。
所以，
你对我的信心，才是我真正需要的。

如果你想让学生与你再近一点的话，那么请对他们再好一些吧，这样你可以看到他们可以比以前对你更好。

今天，我是一名好老师

我是不是想让学生像我对他们一样对我好？
那么，我今天对他们微笑了吗？
我有没有时常告诉他们我相信他们可以做到？
我有没有抽时间去探寻每个孩子的内心世界？
当他们淘气时，我可以做到语气坚定又能温和地劝导吗？
他们可以感到，
我是一个关心他们，想在所有事情上给他们树立榜样的老师吗？
他们是否把我看作可以一起玩耍的伙伴？
我对每个人的关爱他们能理解吗？
他们相信，因为有我在身边提供帮助，
他们可以做到一切吗？
如果我对其中一点的回答是“不”，
那么，我应该立即开始改善这一点呀。
老师这个称号赋予我的使命，
就像为起航的帆船扬起风帆刮起的清风。
我们就是孩子们的场外指导教练；
我们就是孩子们坚实的肩膀；
我们就是孩子们可以紧握的双手；
我们可以让孩子们绽放出绚丽的彩虹。
有了我们，
他们的双腿可以站立在坚实的基础上；
他们可以在陆地上自由驰骋；
他们可以在暴风雨来袭时躲进温暖的港湾；
他们可以在险境之中获得安全。
这些事情，我都为我的学生们做到了吗？
如果是的话，
那么，
我可以自豪地说，
我完成了多么不可思议的事情——
今天我是一名好老师！

通过你的行动，做一个有自控力的榜样，你会发现，自己也会变得和缓、沉稳。

沉默的力量

我正在和自己较劲——大喊大叫、歇斯底里，
你只是，安静地从我身边走过，
就这样，让这一切随它发生。
我想让你以同样的方式对我大声呵斥，
这样我的暴怒就会迅速点燃。
让你忘记自己老师的身份，
表现得像一个我这个年龄的孩子。
但是，你的眼神里甚至没有泛起一丝波澜，
至少你没有表现出来。
我想让你感到茫然，
但是我知道，
我失败了，你赢了。
也许你早就知道，
你展现的克制和约束，
是最好的一堂课。
告诉我沉默的力量，
也帮助我做出更好的选择。

小心，不要让你的学生导演这场秀，而你却成了学生在舞台上操纵的又唱又跳的提线木偶。

操控的快乐

我被繁重的工作压得喘不过气来，
我举起了小白旗双手投降，
我快要被失败压垮了。
但是，
承认自己是个失败者太丢脸啦。
所以，
我要转换个思路，
我要利用一下她。
我会说，我没有学习；我会说，我并不在乎。
我会说我就是想要不及格，
我就是要在天空上写下一个大大的“不及格”。
我表演得好像我才是这场剧目的主导，
我正在试图掌控她。
一旦她上钩了，
她就会被我激怒。
一旦她的愤怒展现在这个舞台上，
她就输了，
而我，就理所当然成为了“无辜者”。
现在，我很轻易地成为了大家的追随者。
也许她还没有意识到，
而我已经成为可以掌控老师行为的大师！

对待每个学生都要一视同仁，绝不要展现你的个人偏好。

谁是老师最喜欢的一个

谁是老师最喜欢的一个?
我很公正地说，当然是我。
什么?
你觉得应该是你吗?
当然不会啦!
嗯，既然你现在提起了，
也对，
她对待我们是一样的，
她对你微笑，同样也对我微笑，
她都会称呼我们彼此的名字；
在我遇到困难的时候她帮助我，
同样，她也会这么对你。
在我们试图做任何事时，她都努力让我们做得更好。
她在课堂上制定的规则，都是让我们可以更好地遵守纪律。
当我们想要放弃的时候，
她鼓励我们再试一试。
所以，谁才是她最喜欢的学生呢?
我们俩都不可否认，
天平没有任何倾斜，
我们都是!

当你对现在从事的职业而感到沮丧或受到侵犯时，那么请拿出你的判断力再找一个新的职业吧。

我迫不及待了

我感到沮丧、被忽视、被排斥，
一个老师就像学生绑架的人质，哦，天呐！
去工作就像是走进了巨大的漩涡，
每一天，就好像又多踏入了地狱一步。
教他们功课，帮助他们，还要忍受着他们的混乱，
我必须承认，我讨厌这样，讨厌这样！
我没有理由微笑，也看不到尽头。
这份职业只是一个用来谋生的手段。
如果不是教那些学生的话，
我可以，我真的可以，
成为一名优秀的老师。
但是学生们就在这儿，
而这场战役又开始了。
我要一直和他们战斗，
直到30年后。
只剩下5年了，
5年之后，我的生活就会彻底好转。
曙光就在前方，我已经迫不及待了！

你的反应是最主要的吸引力，它可以点燃或压制不良的表现。

我的奖励全靠它了

我知道自己不是最优秀的学生，但我也不是最糟糕的，
不管你是否相信，
我的反抗并不总是事先排练好的。
但在我是个孩子的时候，
我希望你可以看到，
有些时候我就只是个孩子。
和其他同龄小伙伴一样，
这并不是为我的行为找借口，
但也不要把这些行为贴上我的标签，
有时候，我犯错误是因为我正在祈求帮助。
但是，当你皱眉的时候；
当你咬紧牙关的时候；
当你青筋暴起的时候；
只能让我这个孩子变得更加无理。
我所有的朋友都清楚地知道，
是我让你如此痛苦不堪，
所以，至少在那一刻，
我是如此受大家的瞩目，
你的反应？就是我奖励的来源！

在你教授的学生当中，你成为了每个人重要的一部分，你可能并不知道，你的影响力是多么深远。

你只是一名老师

你不只是握住了他的双手，
你托起的是他的未来；
你不仅告诉她该如何思考，
还触动了她幼小的心灵；
你不仅仅帮她拭去了眼泪，
还抚平了她的灵魂。
他们之所以成为今天的他们，
你是其中不可或缺的部分。
你不但分享了当下的时刻，
还深深地印在了他们的记忆中。
当你离去的时候，
你依然住在他们的心里。
你可能永远都不知道，
你的力量有多么强大。
你的影响力延续了一代又一代，
所以，
世界上，没有任何事物可以和“一名老师”相提并论。
你所做的远远无法用任何辞藻形容，
当你向她寻求帮助时，你可以感觉到；
当你遇见他，他向你微笑时，你可以感觉到。
你不只是握住了他的双手，
你托起的是他的未来；
你不仅是告诉她如何思考，
还触动了她幼小的心灵；
他们之所以成为今天的他们，
你是其中不可或缺的部分。
他们之所以成为今天的他们，
你是其中不可或缺的部分。

孩子们往往无法判断什么该说或是该做什么，这就是他们需要你指导的重要原因之一。

思想属于它自己

你看到啦，我的嘴巴有自己的想法，
这并不和我的大脑有直接关系。
有些时候，
我不是有意说出那些话的，
我也不是故意给他人带来伤害的。
所以你可以做给我看吗？
告诉我如何做一个更好的孩子，
然后，
我就可以做给你看。
当你了解我之后，
帮助我控制我的嘴巴，
否则事情可能会变得越来越糟。
你知道的，
我并不想做一个坏小孩，
所以请你告诉我，应该怎么做，好吗？

学生是不会在爱咆哮的老师的课堂上有什么好表现的，所以，尽力做到公平并且展现你对学生的关爱，可以让这些不尽如人意的表现逐渐减少。

一份痛苦的工作

有一段时间，在不远的教室中，
有一位每天都深陷自我挣扎的老师。
她有着一双教师的眼睛，
她有着一副犀利的眼神。
当她的学生犯错误时，
哦，看看吧，她迅速瞪大她的双眼，
哦，看看吧，她立刻咆哮起来，青筋暴起。
在学生私下看来，是她把这种错误无限放大了。
也许她并没有这么说，但，
她却大声叫喊了出来。
她的学生不认真学习，
她抱怨一切，除了自己。
学生所有的潜力都被她置于不顾。
如果她知道优秀教师应该知道的，
如果她不与他们为敌，
学生们会马上做他们应该做的。
他们的课堂作业、家庭作业，以及她想让他们做的一切。
如果他们被奚落，
他们就会在课堂上捣蛋，无所作为。
有些人试图帮助她，但她还是无动于衷，
问题的关键是，教书对于她来说是个烦人的事情，
她根本就不热爱它！
学生是她的负担，努力工作是她的死敌。
如果她不改变自己的方式，
她的每一条毛细血管都会血脉偾张。
当故事继续进行时，或者根据流言所说，
她没有成功教过一节课，
当她退休之时，没有一个学生对她有所留恋，
这是一个多么悲伤，而又令人可怜的职业生涯……

　　尽管我们可以选择更容易的方式轻松度过一天，但是请用正确的方式做一些正确的事情，这样每天都会睡个踏实觉！

我选择沿着正确的道路前进

作为一个新手教师，我正处于教学的分水岭。
我是应该向左走，还是应该向右走呢?
困惑的云团一直萦绕在我的脑海。
左边看起来容易一些，它充满着诱惑力；
右边并不是那么轻而易举，尽管它有着让每一个人都满意的微笑。
向左走，看起来学生都在朝着老师设计好的方向前进；
向右走，老师要帮助每个学生朝着适合他们的方向前进。
为了让未来有更多的期许，为了让生活充满学习的氛围，
我选择了右边的路，并且坚定不移地走下去。
戴着最高贵的头衔——老师!
我需要根据每个孩子的特点来教育他们，
用我的爱心、自豪以及关切，
给予他们我能提供的一切，甚至更多。
我选择了右边的路，并且坚定不移地走下去。

优秀教师都知道，学生的表现与抗争有些时候都是在与内心深处的好品质的一次次碰撞。

老师，你是不是有魔法

你给我留了作业，但我知道我不会做的，
所以我假装漠不关心，并把它丢进了垃圾桶。
你没有抓狂，反而这样问我：
“是不是印刷材料不太清楚呀？我知道有些时候打印机总是出现这样那样的问题。”
然后，
你拿出一份新的打印材料并帮助我重新开始。
就像用魔法棒点醒了我，
我的内心不再感到艰难。
老师，你是不是有魔法？
你是怎样拥有这样神奇的魔力呢？
你好像有特别的法力可以改变我们的态度啊，
你知道我们真正需要什么，
你知道作为教师应该做什么，
那就是让所有小朋友都取得成功！

如果你总是持续做一件事，然而这件事却未曾成功，那么你一直这样做下去只能继续毫无效力且充满压力！

上一节高效阅读课

挨个阅读，一排又一排，
一个人阅读，其余人昏昏欲睡。
我坐在第二排，练习着我的段落。
坐在后排的小伙伴还有几个段落的掩护，
所以他根本不需要听别人读了什么。
他一直沉浸在自己的世界里，
直到最后轮到他开始阅读。
老师提醒了大家要专心一些，
但大家都只是假装专心了一会儿。
没有人在意故事如何开展，
没有人在意故事到底讲了什么。
每个人只关注自己那部分任务——轮到他那部分的任务。
当她的任务结束后，她就马上溜号了。
其他几排的同学都快睡着了，
或者干脆做着自己的事情。
很显然呀，没有人在阅读时间真正在“阅读”。
老师，你看到这一切了吗？
这是在浪费时间，不是吗？
我猜，也许她没有注意，
因为她正在教室里踱步。
“集中注意力，听着！把你们的头都抬起来！”
“不要打闹，不要乱扔纸条，不要乱动，不要睡觉！不要笑！不要瞎画！不要偷看！”
老师，请您睁开您的双眼，看看这种阅读方式，
这对于我们来说是种折磨。
一个学生读一个段落，其他学生都无所事事。
可不可以用更好的方式提供给我们需要的，
一个有意思的方式——一个真正让我们阅读的方式！

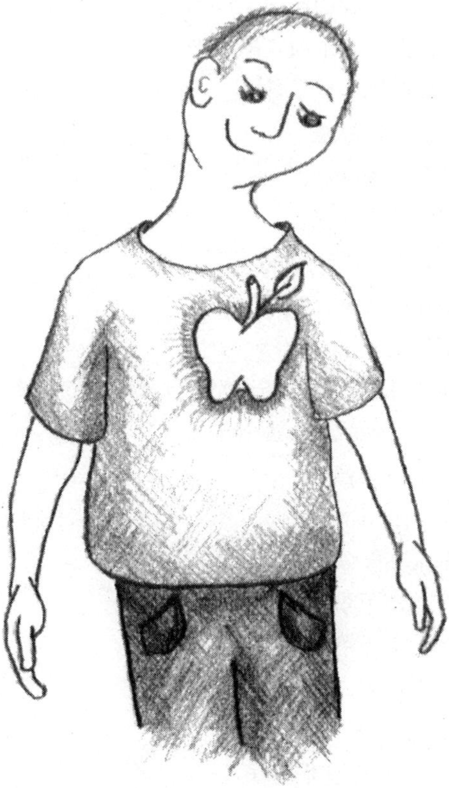

看到学生们好的一面并好好关爱他们，你会发现堕落的行为会马上得到改善。

从根上堕落

我的坏，已经深入骨髓了。
请注意，我还想要变得更坏。
老师给了我关注，好吧，那些负面言语是在考验我吗？
是的，我是这场力量游戏角逐的胜利者。
我全年都在教师的办公室罚站，但这并没有让我感到害怕。
我的老师每天都想要瓦解我，每一天，她都更加厌恶我。
我在她的课堂上一塌糊涂，然后，
我来到你的课堂。
这一年，一切都变得不一样了。
我的坏，已经深入骨髓了。
请注意，我还想要变得更坏。
你给了我关注，关注我积极的一面——这是你对我做的唯一一件事。
你在找寻我心中的美好，而不是我表面的抗拒。
你告诉我，我可以，
于是，我做到了。
你告诉我，你相信我，
于是，我隐藏了罪恶的种子，
那深埋在我心底的堕落。
现在我必须承认，
我以前并不像你想得那样好，
但是从今天起，
我再也不是原来的我了。
你看到了我内心的好，
你关爱我的同时也帮助我看到，
我并没有堕落的如此彻底，
而现如今，
我已经走了出来。
谢谢你给予了我耐心，
谢谢你对我的信任和关爱，
谢谢你对我苦口婆心的劝说，
现在，我又是一个好孩子了！

如果学生崇拜你，那么他们会完成你交给他们的绝大部分任务；

如果学生憎恨你，那么他们绝不会完成你交给他们的任何一个任务。

崇拜你还是憎恨你呢

你的学生是崇拜你，还是憎恨你呢？
通常情况下，两者之中必有一种。
如果是后一种，那就要做些什么了。
那么你究竟该做些什么呢？
学生在那些他们不崇拜的老师的课堂上，
通常也不会有什么好的行为，
事实上，
这样的行为还会越积越多。
但是如果你的学生崇拜你——那你一定是完胜的，
他们会近乎贪婪地吸收你给他们的所有养分。
你的学生是崇拜你，还是憎恨你呢？
通常情况下，两者之中必有一种。
如果是后一种，那么就要做些什么了，
你究竟该做些什么呢？

最好的事和最容易的事通常相互冲突，但是做那些最好的，而不是那些轻而易举做到而事后又后悔的简单事情。跟随自己的内心，去做正确的事情吧！

对我的学生来说什么才是最好的

我是在为学生做最好的事，而不是对我来说最轻而易举的事吗？
是的，对于我来说容易的事情就是，
坐在讲台后面看着他们一个个忙碌得像个没头苍蝇。
但是“忙碌的工作”马上就会变成“无所事事”，
很快，学生们就会讨厌这样。
众所周知，一旦他们沮丧的情绪增加，
那么很快他们就需要找到一个发泄的途径。
是的，教师是要付出的，你不能逃避这个责任。
要做到什么才是对学生们最好的，
因为那些你认为最容易的事情往往会成为所有麻烦的根源。
所以选择那些对学生最好的事情，而不是对于你来说最容易的事情。
要了解一个孩子，绝不是件容易的事情！

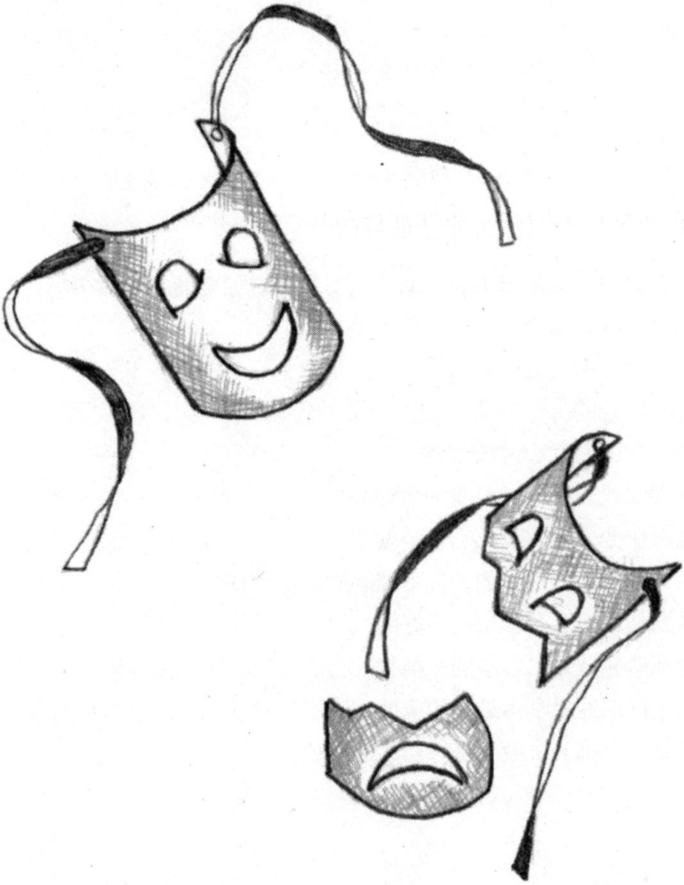

不快乐的老师会造就不快乐的小生灵，所以请带上你的笑容吧！

面露微笑还是表情严肃

我是一个新老师，
过来人告诉我要藏起我的笑容。
那个对我这样讲的老师，
显然已经很久没有笑过了，
她双眉之间深锁的皱纹就是最好的证明。
现在看来，
要想抚平这些皱纹可不是件容易事。
我不想让自己像她一样，
于是，我忽略了她的建议。
我注意到，
她的学生没有一个对她非常友善。
他们每天都非常快速地跑出她的课堂，
每当下课铃声响起时，
他们都欢快地叫着“终于结束啦”。
于是，
我每天都保持微笑，
我成功地成为了一个快乐的老师，
我为学生的表现感到开心。
愁眉苦脸的老师容易变老哦！

我喜欢的老师风格

理想主义的、理性主义的、无私的、人文主义的，
乐观主义的、现实主义的同时也是个性化的。
我很自豪地说，这些都是非常非常好的性格特点。
对于我来说，我最喜欢的老师风格远比完美主义来得更加实际！

你希望学生成为什么样的人，那么你自己首先要做到。在学习和欢笑中，在一天天的成长中，你的课堂就会被这些氛围环绕。

反向教学

每天就是重复、重复、重复，
每天都是说教、说教、说教。
如果你能停下来让我自己做，
你可以省省嗓子，
而我也会学到更多。

发自内心渴望学习比不断唠叨督促更有效！

当你让学生相信你根本没有可以操控的按钮时，他们就会把矛头指向那些拿着按钮又毫无防备的教师。收起你的按钮吧！

按下按钮

我按下电梯按钮，等着电梯来。
我很着急，
所以我需要它能快点儿来，
我等呀、等呀、等呀，
我按了一下，按了两下、三下、四下、五下，
但电梯还是没有来，
于是，
我选择了爬楼，
就当作锻炼身体了。
因为这件事，
让我联想到了自己的课堂。
学生每天都按动我的按钮，
按得又急又快，
而我要对他们的问题一一做出回应。
他们指使我一会儿上一会下，还乐此不疲。
我想如果我停止运行，
他们就会选择爬楼梯，
而我也会在沉默中得到我想看到的答案。
从明天开始，我将收起按钮。
当他们看到我没有反应时，
就会去挑战另一位老师。
所以，
我给大家的建议就是，
不要让你的学生知道你的按钮所在，
这样，他们就不会把你指使得团团转了！

如果学生相信你对他们充满信心时，那就没有什么他不能完成的事情了！

相信我

我还没有搞懂，老师就接着往下进行了，
她说她没有时间等着我。
于是，在通往前方的道路上，
她把我一个人留在了那里，
没有照亮的火把，前方一片黑暗。
她觉得我能力不足，
因此她也没有倾其所有陪我一起前行。
她没有抓紧我的手，也没有阻止我的坠落。
幸好，一切还都不算太迟。
我现在有了一位新老师，
她从来没有让我的命运就此封存，
她说她相信我可以做到，然后我们一起努力，
直到我真的可以。
她既有耐心又充满决心。她相信我可以，你呢？

发现别人的错误并不会让你得到什么，但诚实地面对自己的错误，你反而会收获更多！

镜中的样子

假如我既可以管理别人又可以放任自己，
那生活将会多么美好！
我就可以做那个最棒的“亲爱的艾比”。
诚然，面对自己并不是件容易的事情，
事实上非常困难。
我想，处理自己的问题，我绝不会得到任何奖赏。
你看，给别人建议要容易得多，
而我，也深谙此道。
尽管我认为我也该采纳自己给别人的建议，
但我却从来都不。
今天，让我看看镜中的自己，
让我看看那个镜子背后的我。
我应该停止不断寻找别人身上的错误，
弥补一下我自己缺失的。

无论你的快乐是发自内心还是佯装出来的，学生都会对你的表情流露深信不疑。所以，如果你做不到真心流露，那么也请你表现出来开心吧，因为你的一言一行都让他们深信不疑。

注意你的言行

注意你的言行，学生们正在看着你呐。
不管是否喜欢，
你的言行都会深深地影响到他们，
而且他们也在观察你所有的言行。
如果你热爱你教授的课程，你的学生也会认真学习；
如果他们热爱他们所学的课程，他们就会取得好的成绩。
但是，如果你只是把教书当作谋生的手段，
那么你的学生也会发现你的课堂非常无趣。
这真的不是什么高难的科学问题，
学生们只是对你的表情流露深信不疑。
所以表现出热爱你所做的每一件事情，
学生们就会被这种快乐的氛围感染！

只需一个小小的表扬就可以让学生的自尊心闪耀!

小小的表扬

一天，我在学校里帮助了一个摔伤膝盖的女孩儿，
我只是做了任何一个学生应该做的事情。
而我的老师看到了这一幕，
她说我是她看到过的最友善的孩子。
我自己却告诉自己说："那是因为她并不了解我。"
因为我有时真的没有她说的那样乖巧，
我也会说一些不受欢迎的话，做一些坏事情。
有时我没有按时完成作业，
一听下课铃响就飞奔出教室。
但我的老师一直坚信我是一个优秀的孩子，
所以每当我在她身边时，我都非常的听话，
一次、两次。
我甚至在她的课堂上非常努力地学习，
摒弃了以前的慢吞吞，我变得尤其高效。
她总是拿出时间发现我做的好事情，
她多次告诉我，
我是她最最特别的学生。
我想，
这次我是真的做到了！

如果你想让学生通过测验，那就测验那些你在课堂上教过他们的知识，不要让他们根据自己的喜好学习之后再来决定他们是否通过。

我的学生是否通过了测验

他没有通过我的测验，
因为他没有好好学习。
所以我用红笔，
把他的测验批得“鲜血横流”。
放下笔，
我开始思考，自己到底做了什么，
我这样做，究竟是想证明什么呢?
我想得到什么答案呢?
如果学习决定了他的成绩，
那我真正教给了他什么?
如果学习的唯一出路就是通过测验，
那么在课堂上，学习也就没有任何意义了。
是的，学习非常重要，
但是教学意味着更多。
如果我每天都在认真教学，
那么他的成绩应因我的教学而受到影响。
学习成绩会有所不同，
可能是在A和B之间徘徊，
但我的学生能否通过测验，
却恰恰取决于我这个老师!

你要知道，每个孩子的心灵深处都住着一个英雄，那也是他们长大之后想成为的样子。帮助学生表达出他们所拥有的梦想！

蓄势待发的小英雄们

在课桌背后坐着的，是单纯又无拘无束的小天使，
尽管其他人可能觉得不重要，
但我必须寻找每一个微小的闪光点。
尽管有些行为戴着隐藏的面具，
我要做的就是要挖掘其背后的故事。
我要走进他们的内心，
知道他们的所思所想。
他们的心灵深处住着一位哲学家、作家吗?
他们的心灵深处，抗争的到底是什么呢?
如果我打压了他们，我就永远不会知道答案。
哪个学生将来会成为治病救人的医生?
哪个学生将来会成为扬起风帆的探险家?
哪个学生将来会成为照顾孩童的园丁?
哪个学生将来会成为无私的慈善家?
而哪个学生又会是工程师、律师，或是飞行员呢?
谁又是那个爬上山峰寻找奇花异草的植物学家呢?
我每天都在不断地提醒自己，
这样情绪就不会让我的思想误入歧途。
我所教的每个孩子的内心，都住着一个蓄势待发的小英雄，
我对待他们的方式可以帮助他们坚定自己的信念。

如果学生们在你的课堂上遵守纪律，而在我的课堂上却违反纪律，

那么我就该做出一些改变了……

每年最调皮的孩子都在我的课堂上

每年最调皮的孩子都在我的课堂上，
所以我的课堂里哪来的欢声笑语?
他们的吵闹、不规矩让我害怕。
看呀，他们正朝我走来!
天呀!
“坐在你的椅子上，别再交头接耳、别打闹、别乱跑、别推搡、别出怪声！”
我的声调越高，糟糕情况就愈演愈烈。
我想，也许是我的声调还不够高。
但是，正如你所看到的，我的喉咙已经嘶哑。
我讨厌这份工作，
我的快乐都被他们剥夺了。
他们为什么偏偏这样对我?
我想这是一个彻头彻尾的阴谋!
尽管我央求甚至叫喊，
但校长对此无动于衷。
我正在打一场永远赢不了的战争，
我每天心烦意乱、心不在焉。
我每天给他们安排大量的作业，让他们忙碌起来，
但是他们拒绝去做，于是我又开始狂躁。
如果学校每次都分给你最调皮的学生，
你会不会像我一样狂躁?
当然，你是不会理解的，
你那么轻声细语地说话，是绝对不会口干舌燥的。
你整日都微笑着，而你的学生也喜欢你。
如果你是一个足球，我就一脚把你踢跑。
因为你得到了最好的孩子，所以你才能够如此安逸。

If she only knew
she could do what I do...

什么？
你和我教授的是同一班学生？
好吧，一定是他们在我这里折腾得精疲力竭后才走进你的课堂。
他们只能坚持一节课的折腾，
之后，当他们走进你的课堂时，
已经再无力折腾了。
哎，我就是那个无辜的受害者。
想想你是多么幸运的那一个吧，
我整个上午都在痛苦中度过，
之后你就可以享受一个悠闲的下午。
但是我可以打赌，你觉得这是我的错，
但我知道我正在为自己的因果轮回买单。
哦，我要做些什么呢？
我得到了最调皮的孩子，现在我把他们丢给你。
我是一个无辜的受害者，拥有一群毫无秩序的孩子。
如果他们先去了你的课堂，
我想他们可能更加糟糕。
你不相信我吗？从没有人相信！
为什么这首诗这么长？
因为它覆盖了我悲伤、哀怨的长度。
如果没有这些学生，
我可以说我是一名非常优秀的老师，从来不会愤怒。
而现在，我又痛苦又愤怒。
如果你是一个足球，我就要把你有多远踢多远！

当你让学生积极参与课堂活动时，他们就没有时间调皮捣蛋啦。

让自己忙碌起来吧

忙碌、忙碌，我一直让自己忙碌着，
太多事情啦，
我都忙得晕头转向啦。
从一件事情做到另外一件事情，
除了抓紧时间做功课，
根本没有时间想着调皮捣蛋。
工作、工作，我整天都处在工作状态，
没时间想着调皮捣蛋，
提问、回答、发现新事物、学习，
作为奖励，
我的成绩有了逐渐上升的趋势。
你让我们融入学习当中，
我没有时间想着调皮捣蛋，
在我意识到这一点的时候，
一天已经结束啦。
在你的课堂上学习，
让我感到无比有趣！

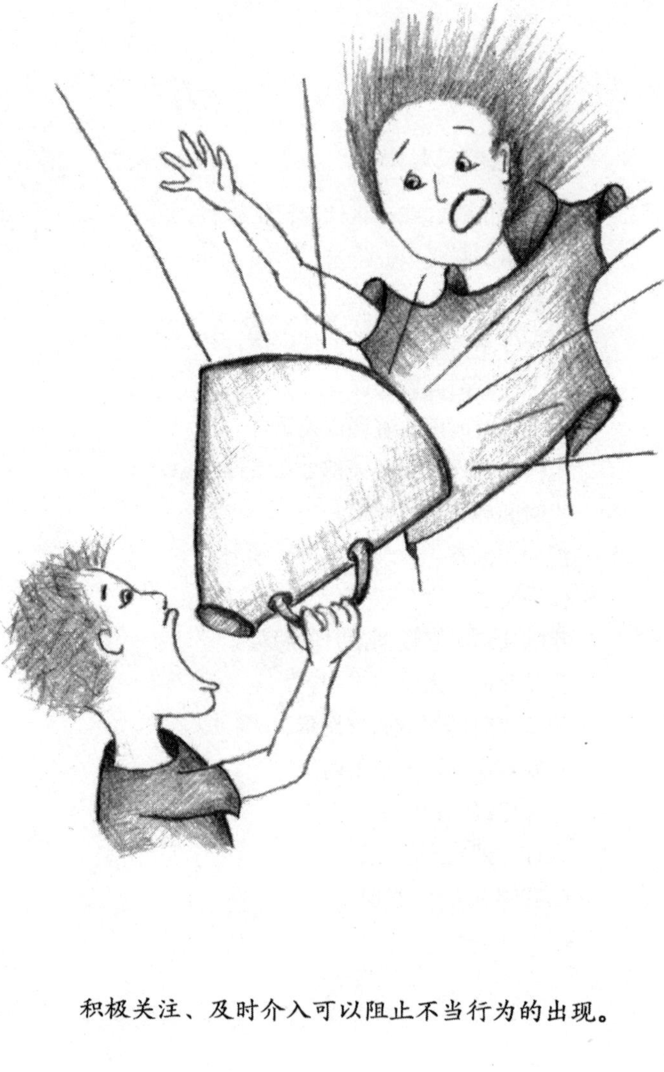

积极关注、及时介入可以阻止不当行为的出现。

关注我，请关注我

我的心房上有个大大的瘀青，
我想是你造成的。
你总是忽略我，从来不尊重我。
你没有对我表现过一次关爱，
所以我就是要调皮捣蛋并且愈演愈烈。
只要能让你头疼上火，
我都愿意去做。
这样至少，可以得到一些你对我的关注。
无论何种代价，我都愿意付出！

如果老师都做不到，那就没有人可以啦，老师就是神奇的万能手！

呼唤老师

呼唤护士，呼唤医生；
呼唤牧师，呼唤主管；
呼唤精神病医生，呼唤爸爸妈妈，
来处理学生们的棘手问题。
呼唤消防员，呼唤警察；
呼唤那个可以重建和平的人。
快快，让我们请出一位特别人物，
哦，看呀，我们的老师在这儿！

让学生们心生抵触的行为就是拿他/她和他/她的兄弟姐妹相比较。

我不是我哥哥

我不是我哥哥，
所以不要拿我和他比较。
像对待另一个人一样对我，
否则就是对我的不公平。
他有他做事情的方法，
这些方法对他行得通，
但那并不是我。
我不要变成他的影子，
我不是我哥哥，
我不希望是这样。
我很高兴做自己，
一个简单的我！

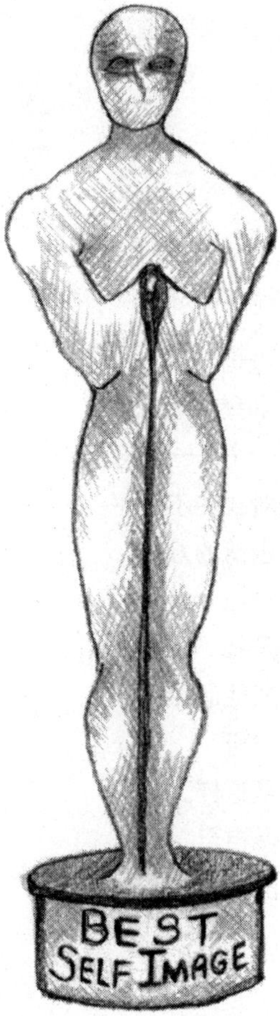

告诉学生他可以比现在更好，不久你会发现，住在学生们内心的天才会慢慢展露。每个孩子内心都住着这样一个小天才，所以让他们自由得以释放吧！

我比以前更聪明

你看，我的老师并不是特别明智耶，
她认为我特别聪明。
她说我是一个有潜力的孩子，
并且她相信，
我能做到我选择去做的任何事情。
哎，她怎么没有注意到我的消极面，
我从来没有取得过好成绩，
我有时也会违反纪律甚至胡作非为，
我根本不在乎学校的功课，
除了打盹和踢足球。
但是，你知道的，
我不想让你失望。
所以我假装自己很聪明，
如果我没有做到，
就会让她伤心。
于是，我集中注意力并且表现优秀。
我取得了好成绩但是绝不告诉别人，
我比别人付出了更多的努力，
我得到了应得的奖励。
而我表现得越出色，
我心灵的灯就越发明亮。
也许，那个明智的人是我的老师，
因为她，我变得比以前更聪明啦！

老师的激励会让学生在课堂上的求知欲增强而且永不感到疲惫。

问题多多

你说我有太多的问题要问啦，
但是你也许没有看到，
我渴望了解更多东西。
一旦我知道了一个问题的答案，
一个新的问题又会跃然脑海，
因为我求知的心永无止境，
所以新问题也会接踵而至。
所以请耐心对待我的问题，
世界之大，
还有很多我不知道的问题。
一旦我知道了越多问题的答案，
这些就会帮助我快快成长。

教学是一个不断学习的过程，那些不断学习进取的老师也会在自己知识的成长中不断获得学生的尊敬。

永远保持学习者的心态

医生到学校学习，
之后毕业拿到学位，
但是我们希望他们能够继续学习。
作为老师，我们为什么不是呢？
我们怎么能停止学习？
当我们取得学位时，
我们要学和要做的还有很多，
去发现那些未知的事物。
如果我真的是一名老师，
那么我保证，
我将永远保持学习者的心态，
并且在教学过程中教学相长！

如果学生已经掌握了他们需要的所有知识，那么老师就会失业啦。

因为我们

不是所有的问题我都能给出正确的答案，
我的老师认为我不是特别聪明，
这让我感到压力十足，
也找不到正确问题的答案。
可我认为，学生不应该知道所有问题的答案呀，
这就是我觉得老师应该在我们每次跌倒时，
帮助我们的原因呀。
老师，假如我们不曾失败，
那么你可能也不会在此工作。
假如我们无所不知，
那么也就没有老师在课堂上教书吧。
我其实是想说——我们不是事事皆知是多好的事情呀。
请庆幸我们的无知与无畏吧，
因为有了我们，也成就了老师这份事业。

永远都不要失去自制力，这就好比给自己挖了一个深坑。如果你这样做了，学生和你都会失去冷静而变得愚蠢。

自制力

今天有人快把我逼疯了，
我想卸下自己的自制力。
我的脾气已经燃烧到了沸点，
我觉得自己就要爆炸了。
现在我的脸涨得通红，
血脉在全身偾张。
我想如果我发泄出来，
可能会舒服一些。
但是我转念一想，
如果我这样做了，
我就和惹怒我的人别无二致了，
我相信我也会为我在盛怒之下说的话而后悔。
所以我试图让自己平静下来，
我控制住了自己的脾气，
而现在我获得了更多！

如果你想变得高效，那么就从积极乐观的角度看问题吧！

换个角度

今天是我到新学校的第一天，
当我看到我的老师时，
我注意到有些不同寻常的地方，
我仔细端详他的每一个表情，
这是他的眼睛？这是他的鼻子吗？
他的头发整理得非常整齐。
“坐到你的座位上！”他大声叫道。
语气有些无理。
坐在我后面的男孩儿告诉我，
“我从来没有看到过老师皱眉！”
当我换个角度，倒立过来再看我的老师时，
他有着最美丽的笑容。

告诉我，我可以，然后你会看到我真的做到了。当你这样做时，你做到了两件事情，而对于我来说，又多了一个人相信我！

告诉我，我可以

你说，这个我完成不了。
我相信你所说的，
所以我连简单的尝试都没有去做。
对于求知的渴望已经被抛之脑后，
我静下来仔细思量，
你是怎么知道，
什么我可以完成，什么我不可以完成呢？
不管我希不希望长大，
你看到了，我还是个孩子。
我始终相信你说的，
所以，告诉我，
我可以。
然后，你会看到某一天我真的做到了！

我想假如她知道的话……

在我上一年级的时候，老师问我，当我长大了，我想成为什么？
总统、外科医生还是探索未知世界的宇航员？
二年级的时候，老师又问了我同样的问题，
我越想成为优秀的人，我每天就会越感到彷徨。
三年级的时候，我知道了自己的不足，
四年级的时候，我感到了自己的内向，
五年级、六年级、七年级的时候，
我的自信心变得麻木。

每个孩子都在学习的过程中激发他们内心的潜力，并在日后成为一个与众不同的人。

上高中的时候，我知道我不是，
我不是那个可以做大事的人，
我尝试过了，但失败了很多次。
是的，我的成绩并不是最优秀的，
我的行为举止只能说是差强人意，
因此我不是最优秀的。
我的梦想是遥不可及的吗，
还是我的希望都会终将破灭？
我每天都在思考这个问题，
我的整个人生就此改变。
我的老师对于此做过什么或者说过什么吗？
是帮助我获得了成功，还是帮助了我成为某人？
这一天终于出现了，
在我读高中的时候，
我终于遇见了这样一位老师。
是她，
阻止了我胡思乱想；
是她，
让我觉得自己不再是个傻瓜。
她就像一位圣人，拯救了我。
让她失望？我做不到。
我又开始重新有了梦想，
梦想着有一天可以成为某人。
如今，
我要谢谢她让我重拾了梦想，
我现在成为了真正的自己。
现如今，
她已经不在了，
但是我始终会想起她，
是她让我成为了成功又快乐的人，
我想假如她知道的话……

如果忘记了孩子的天性，那么你一定会把自己置于骚乱之中。

在心里只是个孩子

不要忘记，我只是个孩子，可你却是个大人。
我并不是有意要去伤害你、攻击你，
但是有的时候，对于我来说，
你好像全然忘记我是个孩子。
我们的天性，有的时候就是会调皮捣蛋。
有时，我们会违反纪律、叛逆，也会有些无厘头。
但这也是为什么我们需要关爱，而不是恐吓和训斥。
所以，请把我当作孩子一样来帮助我，让我变得更加聪慧。
请记住，在内心深处，我们的心里都住着一个孩子！

如果你不能友好地对待你的学生，那你做什么都是徒劳的。

请友好一些

早晨起来向你问好，
我很高兴你今天来了，
这就是我们最喜欢的老师，
每天向我们打招呼的方式。
但是当我们走进学校大厅，
我们就开始毛骨悚然起来，
当我们进入那间恐怖的教室，
我们最不喜欢的“牧师”夫人，正在等待着我们。
她在教室里骑着扫把，
嘿，你抓紧坐到座位上，
赶紧开始学习。
没有问好，更没有笑容。
每天都受着如此的折磨，
所以我们封上了自己的思想，
我们对她也全无好感。
她总是不分来由地生气，
她想期望什么呢?
我们只是孩子，
我们用这些简单的语言给你提个意见，
老师，如果你想教导我们，
请对我们友好一些!

只需一点鼓舞，就可以消除学生巨大的挫败感，鼓励他们做到最好并看到他们为此不辞辛劳、汗如雨下！

小小的鼓励

给我一点小小的鼓励吧，
那是让我前进的动力。
它将会点燃我想象的光芒，
而你，也会看到我为此而不辞辛劳。
我的精神受到了鼓舞，
会激励我更多的创新。
我会在整节课上都专心致志，
好耶！我做到了！欢欣雀跃！

好老师是杰出的、勇敢的、真实的，孩子们愿意把心贴近你！

谢谢你，老师

哦，我要如何仰望你，
在我眼里，你是一位巨人。
你抚平我的伤痛，
你平息我的恐惧，
你看到内心真实的我。
老师，这就是你，
你为我们做了你所能做的一切。
感谢你老师，感谢你老师，谢谢！
你把我从低谷中拉了出来，
你用意味深长的话语鼓励我，
你坚定地告诉我对我的信心。
所以，从那天起，
我也无比坚定了对你的信任。
谢谢你老师，谢谢你老师，谢谢！
我希望其他老师也能像你一样，
绝不怀疑孩子们做过的好事。
孩子们的梦想在你的关爱中，
默默地付出，静静地观察，
及时伸出手，总是有办法。
感谢你老师，感谢你老师，谢谢你！

让孩子们感受到自己的价值和重要性是释放他们潜能的最好秘诀！

行为秘诀

在一个调皮捣蛋学生的杯子里再加一点儿催化剂，
再加上你脖子上暴露的青筋和一脸暴怒的表情。
然后把它们混合在一起，煮到冒泡。
仅需几秒钟，你就把所有的麻烦混合在了一起。
如果你觉得这味道不好，那么让我来给你提供一副解药，
一副可以让学生们表现更好的行为秘方。
把那个调皮捣蛋的孩子叫过来，
问一问他是不是一切都好。
告诉他你相信他并关心他，
当他看到你不是把他拒之门外，
并相信你的真诚时，
你就可以尝到这剂秘方给你带来的效果啦！

如果你教学的热情之火已经熄灭，那么正确的事情就是退休。

不适合当老师的她充当了牺牲品

她变成了让人无法接近的大师，
很快，她的这种方式就产生了大灾难。
她咬紧牙齿，绷紧皮肤，
她的欢声笑语再也没有人听到，
她也不让任何人接近。
很快，她就有着超越年龄的苍老，
她的脾气一触即发。
她不能说我们没有警告过她，
她自己也是一个牺牲品，
她遍体鳞伤，自己舔舐伤口。
她今天离开了，
而我们也必须承认，
我们并没有因为她，
这位不适合当老师的她的离去而感到悲伤！

如果允许学生帮你煽风点火，你这就是在帮助他树立自己的名声。

蹿红成为课堂的焦点

我给了一个不着调的问题答案，
每一个同学都听到了。
你血脉偾张，开始大声叫嚷，
我的同学们都在默默叫好，
因为你的反应，
让我成为了课堂的焦点。
谁会在意我这个人，
一个不折不扣的不学无术之人，
惩罚对于我来说毫无用处。
但我知道，
这次的较量，我赢了。
你丧失了自己的理智，成了一个傻瓜，
而我的名声才刚刚开始崭露头角。

她最擅长的艺术

在学校，我并不是出类拔萃的，
而这真的、真的让我倍感压力。
但是今年，
我有一个新老师。
她时时刻刻都让我感到自己的成功，
“对，没错儿！就是这样！做得真棒！”
我的老师时常这样对我说。
让我打心里觉得自己是个可塑之才，是她最擅长的艺术！

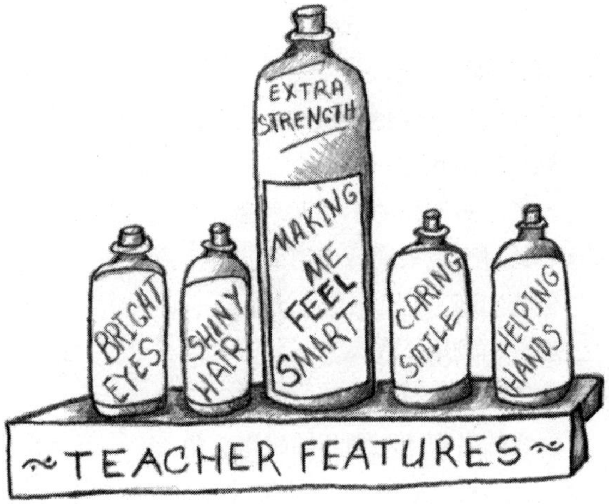

让学生感到自己天资聪颖绝对是门艺术。

请听我说

当我跟您说话的时候，请听我说。
请您不要告诉我应该怎样做，
只需要把您的耳朵借给我，
这样一切就会变得清晰。
问题的答案是我发自内心的回答，
而不是你不断时时刻刻的“唠叨”。

减少“唠叨”并不是一件容易事，但有些时候你的聆听就是学生所需要的一切。

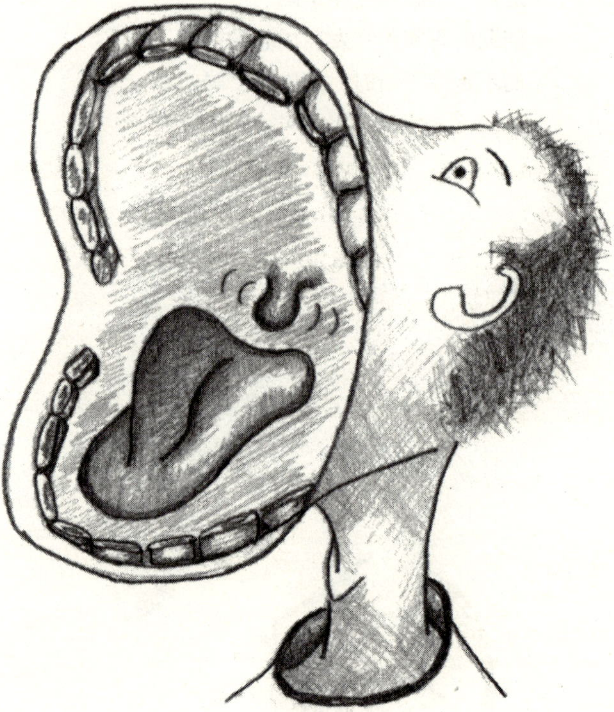

你的态度，不管是好是坏，都会暴露你的一切。你可以试图隐藏，但你的态度会把你“出卖”！

你的态度会“出卖”你

你并没有介绍自己，
但我却知道你是谁。
你的态度清晰又明确，
我从远处就已经听到。
我只需看看你的表情，
听听你说话的声音，
就可以知道你一定在发火。
我看着你周围的其他人，
都在离你渐行渐远。
你的言行举止，
影响了你做事的方式。
当你改变了思维方式，
你就会发现，
你的态度“出卖”了你，
尽管对于陌生人来说，
大家都会感觉得到！

你在讲话的时候，要鼓励学生并传达对他们的信任，帮助每个孩子看到自己的与众不同之处。

与众不同的你

我们的老师每天都对我们微笑，
当我们心情沮丧的时候，
她也能想到办法让我们开心。
她总是说我们可以做到，
尽管我们有时可能做不到，
但我们也绝不会有所察觉。
是她，
信任我们并帮助我们克服困难。
她告诉我们，我们真的都很聪明，
尽管有时教会我们的路上困难重重，
她的出现就像是一盏指路的明灯。
她用行动向我们展示了什么叫作关心，
她坚信我们是特别的、与众不同的，
她让我们拥有自己的梦想，
她让我们体会到了关爱、信任、勇敢。
她让我们敢于尝试并获得成功，
她是多么的与众不同，
是的，一个与众不同的她。

让学生们有了求知的渴望，并帮助他们一起探索这个未知的世界。

如果我可以教我的学生

如果我只能教给我的学生一件事情，
我要教会我的学生拥有提问的能力；
拥有自己对事物的好奇心，
可以让他们懂得如何自学。
孩子们有越多未知的事物，
就会有越深的探究心。
所以，作为孩子的老师，
我会燃起他们渴望的火把，
引领他们探索未知的世界。

如果你想让每个学生都能从你的教学中受益，那么就要找到每个人身上的闪光点。

因为有你

每个孩子都有一颗金子般的心，
但是如果你不告诉他们，
他们是不会知道的。
我没有被告知，所以我不知道。
直到有一天，你告诉了我，
我猜这就是你与众不同的原因。
你发现了我心中的闪光点，
你让我比以前做得更好。
至少，我的身边有你，
你非常关爱我，并且帮我看到，
我是一个有能力的人。
所以，作为回报，
我也一直在追求做到更好的我，
这都是因为有你。

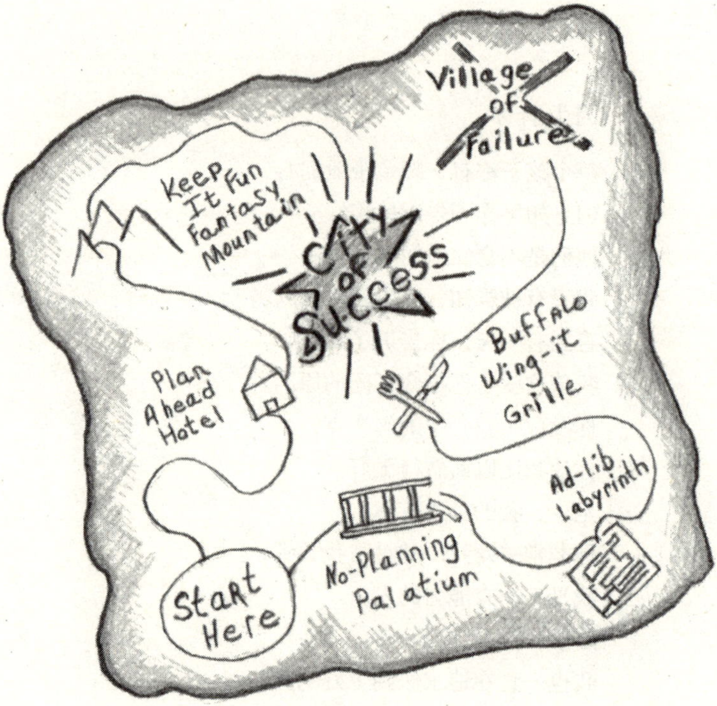

如果你没有做好充足的备课准备，那么你这堂毫无准备的课将注定是失败的。

计划的好处

教练们在进行每场比赛之前都要有非常具体的布置；
外科医生在进行每次手术之前都要精确地安排手术计划；
律师们在帮客户进行每场辩论之前都要做大量的准备；
象棋选手们在下每步棋时都要经过深思熟虑；
旅行家们在开始每次旅行之前都要准备好地图和合适的衣服；
所以，为什么有些老师在讲课之前能没有任何计划和准备呢?
事实证明，
没有计划最终会导致所有计划的失败。
这就像航行没有锚，有锤子没有钉子一样。
所以，每天都要为你的课程制订计划，
按照既定方针前进则不会误入歧途，
知道你为什么要教授这个知识，
你就会从学生掌握的知识中收获最好的奖励。

当学校一天的生活结束后，孩子们需要有一些玩耍的时间，过重的家庭作业负担会让这些玩耍时间受到影响。

孩子们的生活

一整天都在学校，
玩耍之前先做作业。
保证八点之前睡觉，
保证早晨按时起床。
今晚我在我的小床上躺着，
做了一个自私的祈祷。
我祈求太阳先生，
明天停留的时间再长一些，
这样我就可以有些玩儿的时间了！

在你倾尽所有开始教书之前，你必须走近每个孩子的心，这样你才可以了解他们，帮助他们成长。

努力教我、用心爱我

当你走近我的内心、碰触我的心灵时，
我会努力学习你教给我的知识，
所以请努力教我、用心爱我吧。
我会学习那些你想传授给我们的知识，
我会因为有你的关爱而变得更加优秀，
我也终究会实现我生活中的梦想。

当学生的精神需要一个扶梯时，你的理解就是给他们最好的礼物。

我永远不会忘记你

我为家里的琐事感到困扰，
所以，我在课堂上走神了。
你问我是不是有什么事情让我心烦意乱，
我告诉你我很好。
但我会让你知道，
其实你走近了我的内心，
你的行动说明你了解我。
你知道我试图表现到最好，
因为有你的理解。
我永远不会忘记你，
自从那天起，
你教的任何事情，
我都会做到最好！

绝不要忽略那些你期望从学生或者其他人那里想要得到的尊重。

教师会议

这是我第一次参加教师会议，
几个老师正在交头接耳。
校长开始讲话时他们仍在交谈，
窃窃私语并散布八卦。
当说到一名学生的问题时，
那些老师却开始互相推诿。
他们说惩罚那个孩子是因为他总是说话，
“把他交给校长吧，让他离开我的课堂。”
他们说他打扰了其他同学学习。
他们怎么能这么无礼呢，
他们现在不正在做着这个学生做的事情吗？
他们为自己做的事情感到尴尬，
却并没有找到问题的症结。
他们在我说话的时候一直交头接耳，
他们根本就没有做好自己的事情。
很显然，他们没有礼貌——也就是他们口口声称的“责任”！
好吧，作为一名新老师，我并没有说一句话，
我只是坐在后面见证这一切——这是多么的讽刺呀！
你怎么能期待学生能做到你自己都做不到的事情呢？
如果你想要得到学生的尊重，是不是应该从你的行为开始改变呢？

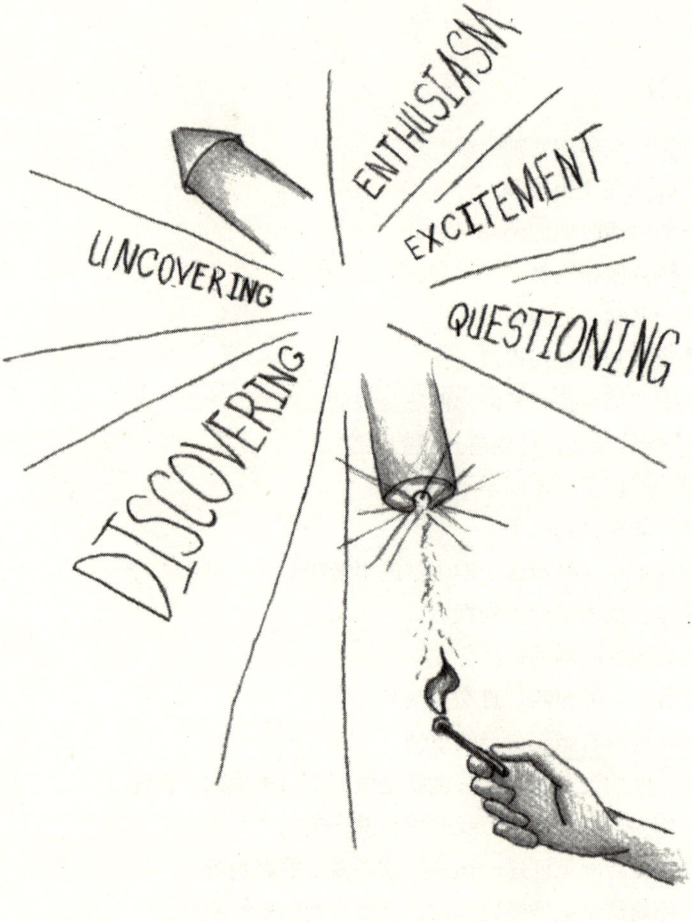

学生们因讨论学习而发出的吵闹声是最美妙的声音之一，在高效的课堂上，这种声音一直萦绕左右。

珍贵的吵闹声

当一个孩子大声说出一个问题时，
每一个孩子都积极回应时，
这种吵闹的感觉是很珍贵的，像金子一样。
这正是他们在发现问题、解决问题、思考新问题的时候。
这是多么美妙的课堂呀，
因为我在教孩子们的时候，触动了他们的内心。

有些时候，学生向老师表达“我需要你”时，通常都是通过发火、胡言乱语或者调皮捣蛋表现出来，所以这些可不要误导你哦。

帮我成为我能够成为的人吧

我知道我可能和其他同学不一样，
我知道在课堂中我从来没做到最好。
我让你抓狂，但我是想让你看到，
我的存在，我在这儿呢，我在这儿。
我希望你能了解，
这些表象都是我的伪装，
其实我内心害怕说出来，
我需要你，老师，每天都需要。
因此不要被外表迷惑，
看看我的内心，
击破我试图掩藏的恐惧。
告诉我，你也关心我。
帮助我成为我能够成为的人！

当学生知道犯错误可以提高学习后，他们会更愿意冒险，这样，更好的成绩就会随之而来啦。

值得的冒险

我给出了一个错误的答案，
你谢谢我抓住这个机会回答问题。
你说，因为我的勇气，
我的知识会越来越丰富。
我应该感到有些尴尬，
但是你完美地化解了它。
你及时伸出了双手，
在我掉落之前抓紧了我。
我现在不仅稳稳地站住，
并且站得更高、更骄傲。
下一次，尽管我不确定，
我也愿意大声地冒险！

当你在接受上级领导检查时，不要慌张也不要急于表现。如果你做的都是对学生最好的，那么你根本无须担心。

校长来啦

你的校长来啦，
你立马变成了一个干练的男士或者女士，
只是为了给校长留下一个深刻的印象。
你的学生非常疑惑、不知所措，
这股旋风破坏的只会更多，不会减少。
所以试着放松一些，这比费力讨好要好得多。
让自己放松下来，
你在接受检查的时候，不要变得紧张兮兮，
只做好你的本职工作就好啦！

向学生传达信任，你最终会看到学生们的进步。告诉我，我可以，你终将看到我的成长。

所见为所信

所见为所信，是的，有些时候确实是这样。
但对于老师来说又有着不同的解读，
如果他们首先选择相信我们，
那么最终他们会看到我们的成长，
我们终将变成我们真正想成为的人。
这真的是奇特的魔法，
在你看到之前先选择相信它。
假如使用不当，
这个魔法也可能变成悲剧。
如果老师首先相信我最终会失败，
那么这真的可能发生，她的预言也就真的实现了。
但是我很幸运，
我有一位相信我可以越来越好的老师，
她坚定不移的信任，
帮助我通往我最终的目标！

不要试图假装对你的学生表示尊重，因为当你假装与他们关系紧密时，他们都察觉得到。

我们知道你是谁

今天，你在办公桌后坐了一整天，
但是当校长经过的时候，
你立刻站了起来，开始讲课，
并给了我们一个大大的灿烂笑容。
我们，作为你的学生，
从来没有看到过你如此热情。
校长没有意识到的是，
你的表现都是伪装的。
你假装对我们表现出从未有过的关爱，
你对待我们好像你尊重我们。
你面带从不曾对我们有过的微笑，
你表现得好像这就是你一贯的风格。
你说“干得不错，我为你骄傲”，
然而，你的话语和你的行为自相矛盾，
也许你通过了你的教学评估，
但我们都知道什么才是真实的你。
你今天的表现，
对于我们来说一文不值。
因为我们知道那个真实的你，
当你需要得到领导认可的时候，
你就会伪装成一个截然不同的你。

比起孩子们对我们的钦佩，还有一些情感会让我们更加欣喜。

老师，我想对你说

老师，我想对你说，
但我又不知从何说起。
我想告诉她深藏我内心的所思所想；
我想告诉她我对未知事物充满好奇；
我想告诉她我非常感谢她帮助我学习和成长；
我想告诉她在我心里她超越了任何人的地位。
我真希望我可以知道，
该如何对我的老师说，
老师，我爱你！

当学生觉得自己无法走近你时，你可以主动向他们靠近，而他们也非常愿意你这样做。

不能再坏了

第一天上课的时候，
我试图吸引你的注意力。
我说了那些我并没有意识到的话，
我做了那些我并不是有心的行为。
因为这样，你就不会对我视而不见。
然而，你并没有对我的所作所为而咆哮。
我的其他老师都厌弃我，
而我也对他们反唇相讥。
这样的行为持续一周之后，
我发现我并不能撼动你丝毫。
你蹑手蹑脚地走进了我的心里，
尽管我努力挣扎着抗拒着你。
一年学习结束的时候，
我可以毫不迟疑地说，
我尊敬你，
我的老师。
因为有你，
我变得比以前好了很多；
因为有你，
我不再是别人眼中的“坏孩子”。

生活这门学问可以是谦逊的，但有些事情最好的学习方法却是需要经历风雨。

对未知事物的恐惧

如果我知道未来会发生什么，
那么我就知道我该期待什么。
当我知道事情可能向不好的方向发展，
而我却不知道它到底会有多差的后果。
当我知道未来会发生什么，
我就可以事先在脑海中做好准备。
当我认为自己对一件事情更有掌控力时，
其实我不知道，我只感到一片茫然。
我在黑暗中探索，在找寻我应该走的方向。
我经历了很多障碍，
因为前往的灯已关掉，
而我看不到正确的路。
所以，
请不要漠然地站在那里，
看着我挣扎和坠落。
假如你看到了我路上的障碍，
请提醒我，哪怕一个也好。
什么？你就是想看着我四处碰壁？
你并不想提醒我注意，哪怕一个障碍？
你说，你想让我学着自己站起来？
你说，你想看我自己解决问题？
你说，我将会从跌倒中学到东西？
可我怎么觉得这是你推脱的说辞呢？
你说有一天我会明白，我也会对其他人这样做。
哦，我摔倒了，我伤到了手。
哦，老师，哦，亲人！
要不要帮帮我呢？

让关爱与教育布满学生的学习之路，这样你的课堂氛围就一定会是每天阳光灿烂。

如果你准备好了教书

如果你准备好了教书，那就伸出双臂拥抱学生。
如果你准备好了伸出双臂拥抱学生，
那么你就不能对他们大喊大叫。
如果你不对他们大喊大叫，
你就会变得非常友善。
“变得友善”是一个非常好的建议，
但只有友善是远远不够的，
你还要教给他们好的事情，
当你用好的方式教给他们好的事情时，
学生们就会整日沉浸在学习中。
当学生们全情投入学习时，
他们就会取得不断的提升。
好的老师，
总是伴随着关爱与教育。
当你同时拥有这两者时，
你的课堂就会充满阳光。
没有乌云蔽日，也没有狂风暴雨。
你碰触了孩子们的心灵，
你打开了孩子们的视野，
你增强了与孩子们的联系。
孩子们在学习之路上，
永远不会把你忘记。
而你的教学之路，
也会越走越顺畅！

正如植物需要浇灌一样，学生需要培育，没有养分，任何一个花园都会荒芜。

老师，请照料你的花园

一天，我把种子撒在了花园里，
然后，我就坐在那里，等呀等呀，
我每天都在一时不停地看呀看呀，
我希望花园里长出最高大的树，
我希望我花园里开出最美的花。
但是，糟了，我竟然忘记了浇水，
所以，什么也没有长出来。
老师，请照料你的花园，请每天都给它们浇水。
没有你的灌溉，
你的学生，你的种子，将会变成遍布的野草；
没有你的灌溉，
你的学生，你的种子，将会逐渐凋零。
但是拥有你的关爱，
你的花园将会郁郁葱葱，
你的花园将会一片繁盛。
你将从播种中得到收获，
他们会茁壮成长，
而那金黄的收获季节也会随之而来。

老师的称谓是无价之宝，因为它的价值是无法估量的。

我真的配得上“教师”这个称谓吗

我对我的学生足够友好吗?
就像我想要他们对我足够友好一样?
我是我学生的好榜样吗?
就像我想要他们日后成为的人一样?
我对我的学生时常报以微笑吗?
我对每个学生都可以时常表扬吗?
他们知道吗?
当他们学习的道路变得艰辛时,
我是他们道路上最好的清障员。
他们是否感觉到,
我是他们心目中的英雄、他们的啦啦队队长、他们的教练?
我是那个他们在有需要的时候,
能第一时间想起的人吗?
他们在我的课堂上会不怕冒险,
说错了话也不怕丢面子吗?
他们与我在一起的时候,
会毫无顾忌地展现真实的自己吗?
当我纠正他们的时候,
他们知道我只是针对这个行为,
而不是他们这个人吗?
他们相信我对他们每个人都充满信心吗?
他们知道我为他们做过的每件好事而感到骄傲吗?
他们知道我真的在意是否可以帮他们走出彷徨吗?
我真的称得上我视如珍宝的教师头衔吗?

作者和插画者的话

我们希望你在阅读此书时喜欢这些小诗，也喜欢我们为这些小诗配的插图，我们非常期待您对此书的建议或意见。如下是我们的邮箱地址，如有任何建议，都请随时与我们联系：

安奈特·L. 布鲁肖：author@eyeoneducation.com，请在邮件主题上注明安奈特·L. 布鲁肖。

L. 苏珊·勃兰特：illustrator@eyeoneducation.com，请在邮件主题上注明L. 苏珊·勃兰特。

“常青藤”书系—中青文教师用书总目录

	书名	书号	定价
	特别推荐——从优秀到卓越系列		
★	从优秀教师到卓越教师：极具影响力的日常教学策略（入选浙江省教师节用书）	9787515312378	33.80
★	从优秀教学到卓越教学：让学生专注学习的最实用教学指南	9787515324227	32.00
★	从优秀学校到卓越学校：他们的校长在哪些方面做得更好	9787515325637	33.80
★	卓越课堂管理（中国教育新闻网2015年度“影响教师的100本书”）	9787515331362	68.00
	名师新经典/教育名著		
★	如何成为高效能教师（美国最畅销教师用书，销量超过350万册，最专业、最权威、最系统的教师培训第一书）	9787515301747	68.00
★	给教师的101条建议（第三版）（《中国教育报》“最佳图书”奖）	9787500673842	33.00
★	改善学生课堂表现的50个方法：小技巧获得大改变（入选《中国教育报》2010年和2011年“影响教师的100本书”）	9787500693536	23.80
	改善学生课堂表现的50个方法操作指南：小技巧获得大改变	9787515334783	29.00
★	优秀教师一定要知道的17件事（美国当前最有影响教育畅销书作者全新力作）	9787500671961	23.00
	美国中小学世界历史读本 / 世界地理读本 / 艺术史读本	9787515317397等	106.00
	美国语文读本1–6	9787515314624等	252.70
	和优秀教师一起读苏霍姆林斯基 / 卢梭 / 福禄培尔 / 蒙台梭利 / 杜威 / 马卡连柯	9787500698401等	150.00
★	怎么做孩子会爱上学习（入选“21世纪中国教师必读的百种好书”，《中国教育报》“2010年影响教师的100本书”）	9787500685968	22.00
	快速破解60个日常教学难题	9787515339320	33.00
★	美国最好的中学是怎样的——让孩子成为学习高手的乐园（白金版）	9787500685838	28.00
	教师成长/专业素养		
	安奈特·布鲁肖写给教师的101首诗	9787515340982	35.00
	万人迷老师养成宝典学习指南	9787515340784	28.00
	中小学教师职业道德培训手册：师德的定义、养成与评估	9787515340777	32.00
	成为顶尖教师的10项修炼（中国教育新闻网2015年度“影响教师的100本书”）	9787515334066	35.00
★	T. E. T. 教师效能训练：一个已被证明能让所有年龄学生做到最好的培训项目（30周年纪念版）（中国教育新闻网2015年度“影响教师的100本书”）	9787515332284	39.00
	教学需要打破常规：全世界最受欢迎的创意教学法（中国教育新闻网2015年度“影响教师的100本书”）	9787515331591	33.00
	高效能教师如何带领学生取得优异成绩（中国教育新闻网2015年度“影响教师的100本书”）	9787515328980	39.00
★	10天卓越教师自我培训（教育家安奈特·布鲁肖顶尖卓越教师培训教材）	9787515329925	29.00
	给幼儿教师的100个创意：幼儿园班级设计与管理	9787515330310	29.00
	给幼儿教师的100个创意：为幼升小做准备	9787515329130	29.90
	给小学教师的100个创意：发展思维能力	9787515327402	29.00
	给中学教师的100个创意： 如何激发学生的天赋和特长 / 杰出的教学 / 快速改善学生课堂表现	9787515330723等	87.90

书名	书号	定价
以学生为中心的翻转教学11法	9787515328386	29.00
如何使教师保持职业激情	9787515305868	29.00
如何培训高效能教师：来自全美权威教师培训项目的建议	9787515324685	32.00
良好教学效果的12试金石：每天都需要专注的事情清单	9787515326283	29.90
让每个学生主动参与学习的37个技巧	9787515320526	28.00
10分钟教师培训：卓越教师的40个快速训练法	9787515320519	32.00
高效能教师的时间管理法	9787515321073	35.00
凭什么让学生服你（增订版）	9787500675204	26.00
高效能教师备课完全指南：英国最权威的备课指导用书	9787515312361	23.80
师范学院学不到的：应对学校一切的锦囊妙计	9787500679455	28.00
提高学生学习效率的9种教学方法	9787515310954	27.80
优秀教师是这样炼成的：用心教育	9787500672555	23.80
教师一定要思考的四个问题：今天，我们怎样做教师（增订版）	9787500668565	27.90
下课后来找我：资深教师给同行的建议	9787515307114	28.00
教师应该做到的和能够做到的（白金版）（美国中小学教师指定培训教材）	9787500669401	33.00
优秀教师的课堂艺术：唤醒快乐积极的教学技能手册	9787500654001	26.00
教师职业的9个角色（白金版）（美国国家教育学会教师教育委员会、哥伦比亚大学教育学院推荐书目）	9787500681014	23.80
如何成为优秀教师：英美教师职业成长"圣经"	9787500672920	26.00
万人迷老师养成宝典（第2版）（入选《中国教育报》"2010年影响教师的100本书"）	9787500689300	29.00
高效能教师的9个习惯	9787500699316	23.00
好老师可以避免的20个课堂错误（白金版）（入选《中国教育报》"2010年影响教师的100本书"）	9787500688785	21.50
教师、学生和家长焦点难题解决方案（升级版）（入选《中国教育报》"2011年影响教师的100本书"）	9787500672906	35.60
好老师说服难缠家长的16堂课（入选《中国教育报》"2010年影响教师的100本书"）	9787500688778	23.80
爱·上课：麻辣教师调教"天下第一班"的教育奇迹（李希贵、窦桂梅推荐）	9787500693383	29.00
爱·读书（李希贵、窦桂梅推荐，中国版《窗边的小豆豆》，诠释中国教师《爱的教育》）	9787500693918	25.00
课堂教学/课堂管理		
教师如何提高学生小组合作学习效率	9787515340340	29.00
卓越教师的200条教学策略	9787515340401	35.00
中小学生执行力训练手册：教出高效、专注、有自信的学生	9787515335384	33.80
提高学生学习专注力的8个方法：打造深度学习课堂	9787515333557	35.00
改善学生学习态度的58个建议	9787515324067	25.00
全脑教学：影响全球300万教师的教学指导书（中国教育新闻网2015年度"影响教师的100本书"）	9787515323169	38.00
哈佛大学教育学院思维训练课	9787515325101	36.00

	书名	书号	定价
	完美结束一堂课的35个好创意	9787515325163	28.00
	如何更好地教学：优秀教师一定要知道的事（被英国教育界奉为圣经的教学用书）	9787515324609	36.00
	带着目的教与学	9787515323978	28.00
★	美国中小学生社会技能课程与活动（学前阶段/1-3年级/4-6年级/7-12年级）	9787515322537等	153.80
	彻底走出教学误区：开启轻松智能课堂管理的45个方法	9787515322285	28.00
	破解问题学生的行为密码：如何教好焦虑、逆反、孤僻、暴躁、早熟的学生	9787515322292	36.00
★	在普通课堂教出尖子生的20个方法：分层教学	9787515321868	29.90
	天天向上：中学教学问题解决手册	9787515321202	29.00
	13个教学难题解决手册	9787515320502	28.00
★	让学生爱上学习的165个课堂游戏	9787515319032	39.00
	美国学生游戏与素质训练手册：培养孩子合作、自尊、沟通、情商的103种教育游戏	9787515325156	36.00
	老师怎么说，学生才会听（白金版）	9787515312057	28.00
	快乐教学：如何让学生积极与你互动（入选《中国教育报》2010年和2011年“影响教师的100本书”）	9787500696087	29.00
★	老师怎么教，学生才会提问	9787515317410	29.00
	快速改善课堂纪律的75个方法（白金版）	9787515313665	28.00
★	教学可以很简单：高效能教师轻松教学7法	9787515314457	25.00
	88种美国中小学经典课堂教学活动	9787515314419	32.00
★	好老师应对课堂挑战的25个方法（珍藏版）(《给教师的101条建议》作者新书）	9787500699378	25.00
	快速调动学生参与的99个方法（被誉为美国调动学生参与最有价值之书）	9787515317069	31.90
★	好老师激励后进生的21个课堂技巧	9787515311838	23.80
★	开始和结束一堂课的50个好创意	9787515312071	19.80
	培养高情商学生的7堂必修课（新版）	9787500686088	28.00
	好老师因材施教的12个方法（美国著名教师伊莉莎白“好老师”三部曲）	9787500694847	22.00
★	如何打造高效能课堂（美国《学习》杂志“教师必选”奖，“激励教师组织”推荐书目）	9787500680666	29.00
	合理有据的教师评价：课堂评估衡量学生进步	9787515330815	29.00
	班主任工作/德育		
★	北京四中8班的教育奇迹	9787515321608	36.00
★	师德教育培训手册	9787515326627	29.80
	打造优秀班级的15个秘密	9787515319117	28.00
★	设计和管理最优班级实用手册	9787515317731	49.00
★	好老师征服后进生的14堂课（珍藏版）（美国著名教师伊莉莎白“好老师”三部曲）	9787500693819	25.00
★	美国最优秀教师的自白（新版）（进入地方学校、教育机构教育用书征订目录）	9787500683001	26.00
	优秀班主任的50条建议：师德教育感动读本（《中国教育报》专题推荐）	9787515305752	23.00
	来自美国最优秀教师的建议（入选《中国教育报》“2010年影响教师的100本书”）	9787500694427	25.00
★	班主任一定要面对的9个问题（新版）	9787500672937	22.00

书名	书号	定价
是什么让教师不断进步（升级版）（入选《中国教育报》"2011年影响教师的100本书"）	9787500672401	23.80
优秀教师一定读的60个故事（传达60种爱的教育方式）	9787500696285	25.00
学校管理/校长领导力		
如何定义、评估和改变学校文化	9787515340371	29.80
学校管理者如何构建卓越学校	9787515330754	28.00
从优秀学校到卓越学校：他们的校长在哪些方面做得更好	9787515325637	33.80
优秀校长一定要做的18件事（入选《中国教育报》"2009年影响教师的100本书"）	9787500673835	26.00
构建杰出学校的7个杠杆	9787515324319	39.00
美国获奖中小学校长的建议（新版）（美国教育界精英校长的经验分享）	9787500675211	29.90
如何调动和激励教师（增订版）（入选《中国教育报》2009年和2011年"影响教师的100本书"）	9787500673828	29.00
如何应对难缠的老师	9787515306315	25.00
给校长的127条建议（入选《中国教育报》2010年和2011年"影响教师的100本书"）	9787500694779	23.00
如何提升学校的内力（升级版）	9787500672159	21.80
创新型学校：给学校管理者的9个策略（入选《中国教育报》2010年和2011年"影响教师的100本书"）	9787500693628	23.00
学科教学/教科研		
人大附中高考作文取胜之道	9787515320694	33.80
人大附中学生这样学语文：走近经典名著	9787515328959	33.80
让小学一年级孩子爱上阅读的40个方法	9787515307589	30.00
让学生爱上数学的48个游戏	9787515326207	26.00
英美中小学都在玩儿的数学游戏：多少只袜子是一双	9787500688884	25.80
优秀小学语文教师一定要知道的7件事（窦桂梅畅销作品）	9787500674139	23.80
小学语文课例研修的8个实践策略（附赠光盘）	9787515312064	33.00
名师谈阅读教写作：真正思考语文课的终极目标问题	9787500692966	29.00
考拉小巫的英语学习日记：写给为梦想而奋斗的人	9787515303505	25.00
如何成为尖子生（新版）（事半功倍的高效学习方法，3小时成为学习高手）	9787500668596	23.00
情商教育/心理咨询		
中小学心理教师的10项修炼	9787515309347	36.00
别和青春期的孩子较劲（增订版）（入选《中国教育报》"2009年影响教师的100本书"）	9787500676232	28.00
100条让孩子胜出的社交规则	9787515327648	28.00
加州大学伯克利分校的10堂幸福教养课	9787515303512	23.00
毕淑敏心理咨询手记	9787500682127	25.00
幼儿园/学前教育		
幼儿园30个大主题活动精选：让工作更轻松的整合技巧	9787515339627	39.80
美国幼儿教育活动大百科：3-6岁儿童学习与发展指南用书·科学	9787515324265	150.00
美国幼儿教育活动大百科：3-6岁儿童学习与发展指南用书·艺术	9787515324289	150.00

	书名	书号	定价
★	美国幼儿教育活动大百科：3-6岁儿童学习与发展指南用书·健康与语言	9787515324296	150.00
★	美国幼儿教育活动大百科：3-6岁儿童学习与发展指南用书·社会	9787515324272	150.00
	蒙台梭利早期教育法：3-6岁儿童发展指南（理论版）	9787515322544	29.80
	蒙台梭利儿童教育手册：3-6岁儿童发展指南（实践版）	9787515307664	25.00
★	自由地学习：华德福的幼儿园教育	9787515328300	29.90
	你的水桶有多满（儿童版）	9787515306766	29.00
	赞美你：奥巴马给女儿的信	9787515303222	19.90
	教育主张/教育视野		
	如何发现孩子：实践蒙台梭利解放天性的趣味游戏	9787515325750	32.00
	如何学习：用更短的时间达到更佳效果和更好成绩	9787515334844	39.80
	教师和家长共同培养卓越学生的10个策略	9787515331355	27.00
★	10天掌握快速阅读	9787515329918	29.90
★	芬兰教育全球第一的秘密（珍藏版）（《中国教育报》等主流媒体专题推荐，台湾教育类畅销书榜第一名）	9787500687436	28.00
	世界最好的教育给父母和教师的45堂必修课（《芬兰教育全球第一的秘密》2）	9787500692423	28.00
★	杰出青少年的7个习惯（精英版）（中小学图书馆推荐书目、中国青少年必读书目）	9787500649083	28.00
★	杰出青少年的6个决定（领袖版）（中小学图书馆推荐书目、中国青少年必读书目、全国优秀出版物奖）	9787500672241	28.00
★	7个习惯教出优秀学生（全球第一畅销书《高效能人士的七个习惯》教师版）	9787500687948	29.00
	杰出青少年构建内心世界的5个坐标（中国青少年成长公开课）	9787515314952	59.00
★	跳出教育的盒子：从优秀到卓越教师的成功策略（美国中小学教学经典畅销书）	9787500689508	35.00
	夏烈教授给高中生的19场讲座（入选《中国教育报》"2013年最受教师欢迎的100本书"）	9787515318813	29.90
★	学习之道：美国公认学习第一书	9787500679240	28.00
★	翻转学习：如何更好地实践翻转课堂与慕课教学（中国教育新闻网2015年度"影响教师的100本书"）	9787515334837	32.00
★	翻转课堂与慕课教学：一场正在到来的教育变革	9787515328232	26.00
★	奇迹学校：震撼美国教育界的教学传奇（中国教育新闻网2015年度"影响教师的100本书"）	9787515327044	36.00
★	学校是一段旅程：华德福教师1-8年级教学手记	9787515327945	32.00
★	高效能人士的七个习惯（全球头号畅销书）	9787500649038	49.00
★	盖洛普优势识别器2.0：《现在，发现你的优势》升级版	9787515308036	199.00

您可以通过如下途径购买：

1. 书　　店：各地新华书店、教育书店。
2. 网上书店：当当网（www.dangdang.com）、亚马逊中国网（www.amazon.cn）、天猫（zqwts.tmall.com）京东网（www.360buy.com）、第一街（www.diyijie.com）。
3. 团　　购：各地教育部门、学校、教师培训机构、图书馆团购，可享受特别优惠。

购书热线：010-65511270 / 65516873